ANATOMIA DA MELANCOLIA

Obra editada com o incentivo do Programa "SUR" de apoio às traduções do Ministério de Relações Exteriores e Culto da Republica Argentina.

Carlos Daniel Aletto

ANATOMIA DA MELANCOLIA

Tradução de Maria Paula Gurgel Ribeiro

ILUMI**/**URAS

Título original
Anatomía de la melancolía

Copyright © 2017
Carlos Daniel Aletto

Copyright © *desta edição e tradução*
Editora Iluminuras Ltda.

Capa e projeto gráfico
Eder Cardoso / Iluminuras
sobre: Um esboço do *Homem Árvore*, 1505, considerado
como de Bosch, mas assinado por Brueghel.

Revisão
Bruno D'Abruzzo

CIP-BRASIL. CATALOGAÇÃO NA PUBLICAÇÃO
SINDICATO NACIONAL DOS EDITORES DE LIVROS, RJ
A365a

    Aletto, Carlos Daniel, 1567-
    Anatomia da melancolia / Carlos Daniel Aletto ; tradução Maria Paula Gurgel Ribeiro. —
1. ed. — São Paulo : Iluminuras, 2017.
    128 p. : il. ; 21 cm.

    Tradução de: Anatomía de la melancolía
    ISBN: 978-85-7321-561-8

    1. Romance argentino. I. Ribeiro, Maria Paula Gurgel. II. Título.

17-40368   CDD: 868.99323
                    CDU: 821.134.2(84)-3

2017
Editora Iluminuras Ltda.
Rua Inácio Pereira da Rocha, 389
05432-011 - São Paulo - SP - Brasil
Tel./ Fax: 55 11 3031-6161
iluminuras@iluminuras.com.br
www.iluminuras.com.br

Epimênides de Creta mentiu ou disse a verdade quando sentenciou que todos os cretenses são mentirosos? Eu prefiro acreditar que os filósofos brincam com a perplexidade com esse sofisma, da mesma maneira com que os gregos quiseram julgar como verdadeiras as invenções de Homero. Por isso me ocorre pensar que a *Odisseia* não é outra coisa senão uma exagerada aplicação do paradoxo de Epimênides e, de fato, pode-se concluir — sem nos prostrar diante da provocação — que toda a Literatura não é outra coisa senão uma mentira que diz a verdade.

JORGE LUIS BORGES
"Prólogo à *Odisseia*", de Homero

Este livro não requer muita introdução. Apenas alguns esclarecimentos. Devo mencionar, antes de qualquer coisa, que encontrei a Carta que trata da anatomia da melancolia *por engano, em maio de 2001, na* Bibliothèque Nationale de France. *Havia solicitado um microfilme de um fólio renascentista e, ao ver a primeira imagem, percebi que não era a capa da obra que eu procurava, e sim um escrito atribuído ao anatomista Andrés Vesalio. Corri o rolo do filme até o final para ver os dados da edição e no colofão li: Hieronymo Margarit, Barcelona, 1615. Nesse mesmo momento verifiquei que apenas seis anos depois, em 1621, havia sido impressa a célebre obra* The Anatomy of Melancholy, *de Robert Burton. Esse dado implicava que o escrito que eu tinha diante dos meus olhos era, no mínimo, um interessante antecedente do exaustivo estudo inglês sobre a melancolia. Eu o li naquela mesma tarde e, deslumbrado pela leitura, propus-me a trabalhar o texto.*

Por ora, superando algumas dúvidas suscitadas pelo estudo da obra, trago à luz esta edição que preparei modernizando o texto, já que no original se observam palavras aglutinadas (della, dello, deste...), *palavras caídas em desuso e algumas expressões da época de pouca transparência semântica, para que, de alguma maneira, esta história ajude a fechar as feridas que noite a noite não nos deixam cicatrizar a melancolia.*

C. D. A.

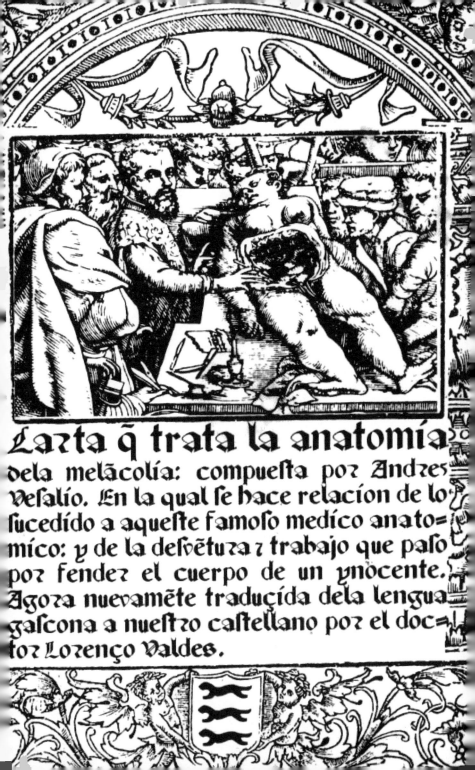

Carta q̃ trata la anatomía

dela melācolía: compuesta por Andres Vesalio. En la qual se hace relación de lo sucedido a aqueste famoso medico anatomico: y de la desvētura z trabajo que paso por fender el cuerpo de un ynocente. Agora nuevamēte traducida dela lengua gascona a nuestro castellano por el doctor Lorenço Valdes.

Fac-símile da edição de Barcelona, 1615.
Hieronymo Margarit

CAPÍTULO I

Eu, Andrés Vesalio, médico do mui poderoso senhor dom Felipe, rei de Espanha e Nápoles, decido dar à luz a causa pela qual dissequei um homem vivo como se fosse uma sangrenta romã. Nestes fólios atestarei, sem dúvidas na mente nem drogas no corpo, por que não me bastou pernoitar durante anos nos cemitérios, saquear panteões e disputar com cachorros e abutres os cadáveres frescos. Pois é verdade que todas essas são ocupações proibidas nas Sagradas Escrituras e pela Lei dos homens, mas as únicas com as quais, em síntese, pude demonstrar a sábios e néscios que nossa anatomia é diferente da dos macacos.

Brandirei a pena sem retórica — suprindo a falta de elegância com a verdade —, sem esperar mais a chegada das musas. Se eu assim não o fizesse, esses estranhos acontecimentos se perderiam dentro de mim no meio da tormenta que anunciam, entre sábias observações, velhos marinheiros. Segundo suas palavras, será impossível capear a tempestade que se aproxima, já que eles parecem ter vislumbrado no olho as ferozes e escabrosas gargantas de Escila e

Caribdis. E assim, logo o vento dividirá os mares em dois e levantará o barco pelos ares, em meio às águas do céu e relâmpagos de muitos lugares. Por isso agora certifico com minha assinatura que estas palavras e a caligrafia alterada pelos movimentos do navio me pertencem; e que também fui eu quem evitou que se derramassem em vão as escuras e ademais agitadas águas do tinteiro, transformando-as em palavras, para deixá-las a salvo da voracidade do mar dentro do arcabuz que, como única testemunha deste ato, olha para mim como um duplicado Polifemo, pelo seu olho vazio e profundo.

VISÃO I

Túndalo caminhou desorientado até que se deparou com uma praça cheia de diabos que de imediato o rodearam e disseram: "Cantemos cantares de morte e comer de fogo, amigo das trevas, inimigo da luz. Homem desgraçado e mesquinho, este é o povo que tu escolheste e arderás no fogo do inferno para todo o sempre."

Túndalo viu chegar, como se fosse uma estrela muito clara, um Anjo que o cumprimentou: "Aqui cheguei, homem." Túndalo começou a chorar com gozo e lhe disse: "Oh, Anjo, os temíveis diabos dos infernos estão me rodeando." Então o Anjo lhe respondeu: "Esta é apenas a entrada. Agora veremos as piores penas e as mais temíveis criaturas. Acompanha-me."

CAPÍTULO II

Meu primeiro encontro com Jeroen se acha entre as distantes quedas das areias do relógio; aconteceu enquanto morriam as últimas luzes de um dia de fevereiro ou de janeiro do ano do nascimento do Nosso Senhor Jesus Cristo de mil quinhentos e vinte. Meu pai, descendente de galenos da corte, era boticário do Rei; e por terra e por rio chegavam os doentes a Bruxelas em busca de seus serviços, retumbando dentro de seus crânios secos, como enormes nozes, o eco produzido pela loquaz Fama. E ele, como todo boticário, era indiferente às dores que tocam a demência; não obstante isso, a história de Jeroen deixou nos olhos de meu pai as lâmpadas acesas da loucura, as quais só conseguiu apagar com a morte que o tomou vinte e quatro anos depois, levando com suas sombras o olhar vidrado de pássaro sobrevoando o inferno.

Uma tarde, depois de um dia cinza e curto, o moribundo sol havia vencido a grande nevasca e eu estava deslizando em um trenó com rédeas que meu pai havia fabricado com um velho tonel, ao qual havia colocado uns troncos para que deslizasse pela neve; e sendo a última ou talvez, com sorte, a penúltima vez que esse dia me lançaria com ele pelo caminho que ladeava minha casa materna, senti desejo de que a escuridão me assaltasse, noite alta, sentado no trenó. E me soltando do mais alto da ladeira, à maneira de uma corrida, desafiando o chamado, aos berros, de minha mãe para jantar, escutava embaralhadas em um só sussurro as árvores e as seis badaladas da igreja do Sablón. Ao chegar na parte mais baixa do caminho, brequei o tonel contra a carroça carregada de galhos secos na porta da minha casa, e ali, diante de mim, estava de pé o homem cuja centelha quase acabou por acender as chamas de minha própria fogueira. Primeiro, vi as botas gastas e os calções sujos; depois, a mão pálida que cerrava sobre o peito a capa negra e, em seus ombros, o vislumbre dos últimos raios lançados pelo luzente Febo sobre as pérolas de neve caídas das árvores. Seus olhos olhavam o velho tonel como dois arcabuzes: ocos, profundos e cheios de sombras.

Distantes haviam ficado aquele olhar e suas voláteis palavras próximas aos sopros do esquecimento; mas foi minha mãe, anos depois, viúva e com as pulsações em retrocessos, que me trouxe à mente o quão perturbado e confuso eu estava ante a presença daquele homem. Recordei isso quando ela me entregou alguns objetos que haviam pertencido ao meu pai; só restam em minha memória uma lupa, um gibão de cetim sem estrear, uma sevilhana,[1] uns pequenos discos para o olho e a única e estranha ilustração do visitante que havia pintado a si mesmo com pernas de árvores e uma taberna onde as costas perdem seu honesto nome.

O desenho do Homem Árvore era um presente que havia dado ao meu pai o visitante, um pintor chamado Jeroen Bosch, que naquele anoitecer assegurou ser natural de não sei que vilarejo da Inglaterra e ter a idade de trezentos anos. Em sua aldeia de Flandres, todos os habitantes o imaginavam morto havia muito tempo. A sombra dessa morte foi semeada por sua mulher e uns amigos íntimos para que o artista pudesse escapar da perseguição dos homens muito prudentes da Inquisição, que o acusavam de invocar demônios e de outras heresias que o fariam arder, cedo ou tarde, na fogueira. Dizendo essas e outras semelhantes palavras, em minha casa acreditaram que o homem havia perdido o juízo e por ter com o que rir naquela noite, determinaram seguir seu disparate.

Enquanto minha mãe isso me contava, no fundo de sua voz eu escutava o eco da de Jeroen que, entre sentenças cheias de filosofia e religião e temor a Deus, havia soltado palavras dizendo que vivia em Bolduque,

[1] Grande navalha, de lâmina estreita e curva. (N.T.)

uma aldeia muito próxima de Wesel, a cidade que deu origem ao meu sobrenome e que ali ouvira falar dos célebres médicos de corte que há entre meus antepassados. Jeroen acreditou que o boticário do rei, por transmissão hereditária, era a única pessoa capaz de conseguir um remédio que o curasse definitivamente da abundância de bílis negra. Meu pai lhe respondeu que satisfazer suas necessidades seria como carregar água em cesto, mas que, no entanto, em alguns meses prometia levar-lhe, em pessoa, uns xaropes apropriados em um mui galante vidro veneziano que o fariam ao menos suportar a doença.

Jeroen sustentava — lembrava minha mãe — que todas as doenças conhecidas e paixões muito comuns em que há pouco contentamento e gosto tiveram sua origem quando nosso pai Adão comeu do fruto da Árvore da Ciência do Bem e do Mal; e como Adão contém em si a massa e processão da natureza humana, transmitiu-nos o pecado original e as doenças. Para conseguir curar todos os males é preciso voltar ao estado de inocência, de nossos pais antes de perder a excelência do homem.

Meu pai não acreditava na especulação de Jeroen. Ele, por sua vez, assegurava que para voltar a ter uma alma sem pecado precisamos de um antídoto. "Mitrídates, o rei do Ponto — dizia —, temendo que os seus lhe dessem peçonha para tomar, preveniu-se bebendo pequenas porções de diferentes venenos, e isso foi tão eficaz que quando ele quis causar sua morte com peçonha, nenhuma lhe pôde fazer mal e teve de tirar-se a vida com a espada." Também faz o mesmo a astuta e traiçoeira víbora que com toda sua peçonha fabrica de sua própria carne antídoto e remédio para contra ela e algumas doenças, como escreve o doutor Laguna. Para meu pai, era preciso entrar no Paraíso tão rico e adornado com dotes de natureza e graça para colher frutos da árvore da Ciência do Bem e do Mal e com eles fazer o antídoto da melancolia. Como diz João, no Apocalipse 22.2: "nas folhas da Árvore da Vida se encontra a sanidade das pessoas."

A verdade é que quando Jeroen Bosch foi embora para sua aldeia deixou meu pai pior que nunca, já que depois de ler incansáveis tratados percebeu que nem sequer a cirurgia dos grandes sábios havia vencido a melancolia, e como sentenciou nosso mestre Hipócrates, norte e luz da medicina: "O que os medicamentos não curam, o ferro remedia; o que o ferro não remedia, o fogo soluciona; o que o fogo não soluciona, deve-se considerar incurável"; por conseguinte, nem a própria fogueira, nem as chamas do inferno teriam salvado Jeroen.

VISÃO II

O Anjo e Túndalo começaram a caminhar pelo desfiladeiro do inferno onde não havia outra luz salvo a do Anjo, até que chegaram a um fundo vale muito tenebroso, cheio de brasas ardentes que não resplandeciam. Sobre o calor das brasas haviam jogado uma cobertura de ferro e acima dela fediam muitas pessoas que fritavam como em uma frigideira. Depois as coavam por aquela cobertura como cera derretida por pano e caíam sobre as brasas. "Essas são as penas dos assassinos e seus cúmplices", disse o Anjo.

O caminho por onde caminhavam tinha um barranco quebradiço e barroso em uma parte e na outra transbordavam diabos que estavam aparelhados para apressar as vítimas. Estes tinham forquilhas de ferro muito pontudas, ganchos e outras aparelhagens com as quais empurravam os condenados e davam com eles no fogo, no gelo e na neve. Chegaram à beira de um lugar muito fundo e tenebroso pelo qual se ouvia correr um grande rio. O que havia na profundidade daquele vale não se podia ver. Ouviam-se choros e gemidos de numerosas pessoas que nesse lugar jaziam sofrendo penas mortais e dali saía fumaça e fedor, como de uma fossa pútrida.

Para cruzar de um lugar a outro havia posta por ponte uma tábua que tinha mil passos de comprimento, cheia de pregos pontiagudos. Túndalo viu entre as muitas pessoas que caíam da ponte um peregrino que passou por ela de maneira fácil. Vestia uma esclavina[1] e trazia uma folha de palmeira em suas mãos.

O Anjo lhe disse: "Agora tu deves atravessar a ponte de lado a lado." Então Túndalo começou a caminhar pela tábua. Os pregos se enfiavam em seus pés chagados. Não podia maior pena sofrer, mas preferia avançar a deixar-se cair. Quando terminou de passar a ponte, o Anjo lhe disse: "Aqueles que estão ao fundo deste monte tão escuro e tenebroso, com este fedor, são os ladrões que matavam os homens pelas estradas. E esta passagem tão estreita é dos alcaguetes e dos vaidosos. Andemos e outras penas bem maiores verás."

---

[1] Espécie de capa que os peregrinos usavam sobre a túnica. (N.T.)

Um esboço do *Homem Árvore* encontra-se no Museu Albertina de Viena: Hieronymus Bosch; *Der Baummensch*. Apesar de ser um trabalho datado pelo museu de por volta de 1505 e considerado como de Bosch, está assinado por Brueghel, que viveu entre 1525 e 1569.

CAPÍTULO III

Minha mãe acreditou que meu pai não faria o longo e perigoso caminho para visitar Jeroen; não obstante, ele pediu um salvo-conduto ao Rei para mandá-lo em meados da primavera, junto com uns comerciantes de sinos, alegando que devia colher ervas medicinais. Naqueles dias, ela teve estranhos e duvidosos calafrios e fingiu os tremores, inclusive alguns escandalosos desmaios, para evitar que meu pai viajasse; enganou-se: finalmente, não apenas ele cumpriu sua promessa como, além disso, com a desculpa de aliviá-la de meus cuidados me levou consigo.

A viagem se deixou calar no fundo de minha cabeça; é uma verdadeira lástima a fraca e desprezível memória das crianças: do trajeto de ida lembro-me da primavera de meu pai, a quem vi colher ervas e cogumelos no caminho, que comparava com os desenhos de um livro que se chama Herbário; e enquanto fazia anotações em seu caderno, com serena alegria as mostrava para mim vivas e pintadas juntas. Mas meu pai continuaria recordando até dias antes de sua morte que ao chegar ao lugar perguntou a um vizinho pela casa que havia sido da família Bosch. O aldeão, apesar de informar-lhe que o artista havia morrido já fazia cinco anos, nos fez acompanhar por um ágil criado até a praça do mercado, que tem suas lojas ordenadas como versos de *coplas*, e nos deixou diante dela, na mesma porta da silenciosa casa que tinha um pelicano gravado no dintel.

A mulher que nos atendeu conhecia o nome de meu pai e disse estar esperando por ele já fazia alguns dias, e comentou que seu esposo tinha boa saúde e que estava sofrendo estranhos desvarios, pois, uns dias antes, vários humores[1] se lhe haviam transformado em malignos e ela achara conveniente aumentar o ópio e o vinho branco na dose de láudano. De tudo o que meu pai costumava contar, o que sempre me vinha à mente, em um mar de confusões, era que nos aproximamos do leito do doente que estava escondido na sala e que o homem, ao me ver, me perguntou sobre o meu robusto cavalo de madeira. Eu devo ter sentido medo daqueles olhos desorbitados e a mulher, obedecendo a um gesto de meu pai, afastou-me do catre que tinha tapeçaria vermelha e me sentou em uma mesa que estava em um canto, dividido da sala por não mais que um sutil tabique. Eu pensava

---

[1] Líquido secretado pelo corpo e que era tido como determinante das condições físicas e mentais do indivíduo. Na Antiguidade Clássica consideravam-se quatro humores: sangue, bílis amarela, fleuma e bílis negra. Esta última era associada à melancolia. (N.T.)

encontrar-me cansado por ter andado longo tempo em minha viagem, mas ela, sem tirar a casca da última fruta que havia em uma cesta, deu-a para mim e depois de minha primeira dentada me senti como se tivesse dormido um dia inteiro; pensei durante um tempo que ao remediar a fome desvaneci ao cansaço. Meu pai apareceu e ao me ver comer, sorriu. Depois, na mesma hora, retornou junto ao doente, enquanto eu, de mordida em mordida, descobria cravados no tabique vários esboços. No mais sombrio, vi o Homem Árvore com um olhar vazio e impassível que permanecia em meio a atrocidades parado sobre uma fina camada de gelo. Essas são imagens difíceis de inventar e de esquecer, por isso as incluo em minha memória e não em minha fantasia, como assegurava meu pai.

De repente, acreditei ouvir Jeroen me chamar aos berros, e também gritos que me diziam que me ensinaria a montar em pelo um cavalo; e apesar de que ao escutar essas duvidosas frases quase tenha me engasgado com o caroço da fruta, atônito e pasmo me aproximei temeroso das pernas de meu pai; e vi de perto o homem que continuava deitado com o olhar espantado, fora de órbita. Segurava as cortinas vermelhas da tapeçaria como rédeas, uma em cada mão e apontava os olhos para além de seus pés, quando subitamente em sua boca explodiu um disparo e franziu o cenho e agitou com violência as cortinas e, depois de um tempo, afrouxou as rédeas de seu cavalo (ou talvez de seu tonel) e deixou cair os braços para as laterais do leito. Da maneira como tinha as bochechas inchadas e a boca cheia de riso supus que havia conseguido alcançar alguma meta, antes que os demônios o agarrassem.

Esqueci-me de dizer (e isso é coisa importante e totalmente certa) que, enquanto eu fiquei como um tonto com que ouvia dizer e vi fazer aquele homem, também pude ver que meu pai, alheio ao que acontecia, deteve-se para estudar os lumes; passava à direita pela luz, detinha-a e voltava a tocá-la com os dedos, maravilhado porque sua mão não se queimava. Durante o tempo dos muitos anos que a morte foi possuindo de meu pai a vida que lhe ia ficando para trás, escutei-o dizer que as luzes daquele lugar não tinham nem mecha nem fogo nem tampouco soltavam fumaça; e o assegurava e dizia para minha mãe que essas luzes eram provocadas por uma incandescência perpétua que não se valia de cera.

Agora vem à minha memória a lembrança de meu pai retorcido de tristeza no amargo caminho de volta e as árvores em inverno com pegas ou suas sombras sobre os galhos. E, embora tempos depois minha vida fosse se encher de viagens, aquela foi a primeira e mais amarga em lembranças; uma viagem sem retorno, uma viagem que me condenou a esta outra viagem, em que o vento sopra entoando todos os sons através dos aparelhos. Sei que aqueles lumes sem fogo na casa de Jeroen apagaram meu pai, e que muito mais tarde, uma década depois, quando foi enobrecido pelo Rei, vi em seu rosto um novo feitio de alegria, embora nunca bastasse para iluminar a tristeza que eu, seu filho, haveria de herdar.

Contou-me minha mãe que um ano depois chegou até nossa casa um construtor de órgãos que trazia uma carta missiva da mulher do artista, e acrescentou que mais tarde, já ido o visitante, meu pai, enquanto queimava a carta, disse a ela, com voz muito repousada e grave, que Jeroen havia morrido por uma dose excessiva de láudano. Havia sido uma morte precedida de sobressaltos e visões de cabeças humanas com quatros patas e de outros personagens e figuras diabólicas, ora submerso em um inferno de gelo, ora atormentado pelas chamas de um fogo imaginário que tentava apagar com uma manta de dormir. No entanto, ela, desde o primeiro momento, acreditou que essa notícia trazia fogo em uma mão e água na outra.

VISÃO III

Túndalo e o Anjo começaram a percorrer um caminho penhascoso e sombrio. Ao longe, o cavaleiro descobriu um animal enorme que semelhava grandes serras e vales incendiados: era maior que todos os montes que ele havia visto. Tinha a boca tão aberta, que podiam entrar mil cavaleiros armados. Nela estavam colocados muitos serviçais de cabeça para baixo e com os pés para cima, como se fossem duas escadarias com ameias. Do interior saía um forte fedor e vozes aos prantos.

Os diabos cercaram Túndalo como cachorros raivosos e o agarraram. Depois de torturá-lo cruelmente, empurraram-no para o ventre do animal. As penas que sofria nesse lugar não há homem que as pudesse relatar. Quando passou um tempo ali chorando, sofrendo o fedor e o fogo, sem perceber se viu do lado de fora. Tinha os olhos fechados porque estava quebrantado. Quando os abriu, o Anjo estava diante dele. Então este o tomou pelo ombro e lhe deu forças para que pudesse andar. Túndalo, com trabalho lhe disse: "Eu te suplico, Anjo, que me digas para quem são essas penas tão grandes?" O Anjo abaixou a cabeça e não lhe respondeu.

CAPÍTULO IV

Depois de publicar *De Humani Corporis Fabrica* fui requerido para servir ao Rei e durante muitos anos lutei contra a insônia e a gota de sua cesárea majestade, o imperador Carlos Quinto, e, antes que ele abdicasse e se retirasse para Yuste, eu passei a ser médico de seu filho, nosso flamejante rei, sua majestade Felipe II. Junto dele, há dois anos me trasladei para Villa y Corte; e com tudo isso cheguei a ver o que tanto desejava: meu nome na lista dos médicos cortesãos, como aconteceu com meus antepassados, é isso, em resumo. Mas, não obstante, um sem-número de dias, ao cair da tarde, estive refletindo — sempre sem uma firme resolução — sobre acabar com a morte meu mal imenso e, apesar do fato de meu corpo sempre ter sido mais jovial que minha alma e meu rosto ter tido a metade dos anos que a soma dos invernos vividos, se me haviam acrescentado aos estados de abundância de bílis negra, escamas brancas em minha pele, insônias ou sonhos breves e turbulentos, meus olhos se tornaram mais transparentes. Todos, males que com o passar do tempo se me iam aumentando. Na vila de

Madri, corte de Sua Majestade, imediatamente, sem poder imaginar tal coisa, voltaram os caminhos que colocavam uma distância da morte. Tornou Fortuna sua cega e caprichosa roda, colocando novamente diante dos meus olhos a ilustração do Homem Árvore, que, em resumo, acabou por acender as mesmas chamas que haviam deixado flamejando os olhos de meu pai. As pontuais e precisas chuvas de Palene e Alcmena sufocaram as fogueiras que toda esta água do mar agitado não pode apagar.

VISÃO IV

Quando Túndalo e o Anjo foram mais adiante conseguiram ver na escuridão muitas pessoas que penavam em um lago gigante, no qual as ondas se alçavam de tal maneira que não se podia ver o retinto céu. Sobre aquele lago havia uma extensa ponte com duas fileiras de navalhas muito pontiagudas. Era muito mais comprida que a ponte anterior e mais estreita. Atemorizava atravessá-la porque os diabos, como alimárias bravas, estavam embaixo esperando que os condenados caíssem para engoli-los. O Anjo disse ao cavaleiro: "Tu te lembras que roubaste uma vaca do seu compadre: esta pena é dos que praticam furto." Túndalo lhe respondeu: "A vaca roubei e a devolvi a seu dono." O Anjo lhe disse: "A devolveste porque não pudeste escondê-la. Por isso não sofrerás tanta pena como se tivesses ficado com ela."

Nesse momento apareceu uma vaca enfurecida mugindo. Túndalo devia atravessar com ela. Quando conseguiu tranquilizar a vaca, começou a caminhar junto dela pela ponte. Como a vaca era pesada e grande e a ponte muito comprida e estreita, algumas vezes ele caía de lado sobre as navalhas e outras vezes a vaca não queria *avançar. Quando chegou à metade da ponte, encontrou um condenado que levava nas costas um pesado feixe de trigo. Então Túndalo, apertando os dentes de medo de cair, disse-lhe: "Suplico-te que me deixes passar." O outro respondeu: "Com muito trabalho cheguei até aqui, eu te suplico que me deixes passar a mim."*

Assim estava Túndalo a ponto de cair quando apareceu o Anjo e lhe disse: "Livrado sois da vaca. Agora marchemos que um torturador enorme e extremamente cruel te espera e não podemos fugir".

CAPÍTULO V

O rei Felipe, no tempo de sobra, costumava me comissionar para curar gente de classe, principalmente mulheres de mercadores e capitães, e entre tantas me enviou até o castelo de Jadraque, para atender Mencía de Mendoza, a marquesa de Cenete e condessa de Cid. Aquela mulher tinha uma doença que os médicos espanhóis não entendiam nem sabiam curar. Sete anos suportava sem ter deixado boticário que não tentasse e naquela época estava posta nas mãos de um velho cirurgião, que lhe dava muito pouco remédio e os acidentes aumentavam. Muitos anos atrás, haviam acreditado que ela estava possuída por uma legião de espíritos malignos e para evitar a perseguição da Santa Inquisição, uns frades dominicanos de Valencia, com a cumplicidade de Felipe II, também a fizeram passar por morta; e, pois, por isso estava a mais de dez anos escondida no castelo de Jadraque, que se encontra sobre uma montanha perto do Henares, depois de passar Guadalajara. A longa viagem não foi em vão, pois milagre foi acertar de imediato o remédio: havia mandado fazer um *letuario*[1] de alto custo, com raiz chinesa e com sangrar-lhe e purgar-lhe bem

[1] Preparado de ervas e raízes medicinais às quais se acrescentava uma porção de mel fresco. (N.T.)

em três dias sarou dos zumbidos no ouvido; mas ainda tinha somente escamoso o roliço corpo e calva a cabeça, o que eu supus não maligno e, não obstante, continuei visitando a senhora, pois cada vez que perguntava como estava, ela respondia que ruim de sua pele e cabelos.

Em uma dessas visitas, um ano e meio faz, entrei em sua antecâmara para recolher a urina e na parede, na frente do penico que estava do lado do leito, haviam colocado uma enorme tela de duas pranchas, na qual estava pintada em tom verde cinza a esfera do mundo recém-criada por Deus. Eu parecia encantado pelos pálidos tecidos das janelas, que eram movidos pelo brando vento e transformavam o aposento em uma dança de fantasmas; até que uma das tábuas da tela se agitou como um postigo solto e me tirou da abstração. E vendo isso, me aproximei para esquadrinhar as dobradiças e assim cheguei a abrir a criação do universo pela metade. Ao abrir os postigos pude ver três pinturas e, depois de uma primeira confusão, pude perceber que estas estavam feitas imitando os esboços que eu vira cravados no tabique da sala de Jeroen e que haviam ficado gravados para sempre em minha memória. A primeira das telas mostrava ser os três últimos dias da criação; o céu é do mesmo verde cinzento da Esfera e, mais abaixo, atravessando o vale com animais e uma fonte junto à Árvore da Ciência do Bem e do Mal, chega-se às cores vivas da Árvore da Vida; ao seu lado, o nostálgico Adão, recém-acordado, olha para Eva enrodilhada aos pés de seu Criador. Na tela do meio, que tem o dobro da largura das outras, está a Luxúria: frutos enormes, homens e mulheres desnudos, entre eles há alguns negros e no mesmo centro há mulheres banhando-se em um tanque e ao seu redor, perto dos quatro rios do Paraíso, os homens não têm cavalos nem asnos por cavalgadura e sim porcos, touros, cegonhas e outros animais, e todos montam em posturas extravagantes, tal como o artista o fazia com seu leito. Na terceira tela se representa, feito à semelhança do esboço, o Homem Árvore com o rosto de Jeroen e com suas pernas de troncos putrefatos, que, apesar de terminar nos tornozelos, têm os pés calçados, em vez de sapatos, em duas barcas encalhadas na camada de gelo de um lago escuro e quebrantado; é o mesmo Homem Árvore com uma taberna assentada no vazio de suas nádegas, frequentada por rameiras e melancólicos. Ele é rodeado por demônios, instrumentos de música e condenados que cantam lendo a melodia escrita nas nádegas de um réprobo. Há também um monstro com cabeça de pássaro que, sentado em um trono com forma de urinol, come os infiéis e depois os expulsa por baixo. Prega Deus que não pareça o vivo com o pintado ou o sonhado. Essa estranha visão, pouco a pouco, e como quem em um pesado sono se sepulta, trouxe-me à memória o aroma alaranjado da sala de Jeroen e à minha boca o sabor do saboroso fruto que tirou todo cansaço; mas também me invadiu a mente o retorno amargo de meu pai e quão posto estava nos desvairados pensamentos, que engendraram em mim algumas conjecturas de que aquele pintor era realmente um imortal. Saí do aposento com o penico, tão às pressas, que ia um pouco estonteado, um pouco perdido, já que a ordem simétrica dos corredores, a simplicidade e as laterais com paredes limpas quase cegaram meus olhos. O ar fresco do jardim me fez sentir mais desperto, não o suficiente, já que depois de vários corredores andados, senti que um grupo de serviçais zombava de mim, enquanto olhavam uma de minhas mãos. Não podia inclinar-me a acreditar que era eu mesmo quem passeava pelo castelo o penico com a urina como se fosse uma caldeirinha de água benta. E assim, passando aquela primeira confusão, determinei regressar para explicar à senhora a relação que tivera o pintor daquela tela de Flandres com meu pai; mas ela me disse não conhecer a origem das pinturas, porque haviam pertencido a um conjunto de originais adquiridos por seu defunto esposo e ele nunca havia mencionado as circunstâncias daquela compra. Acrescentou que o filho de seu esposo, Renato de Nassau, a quem eu embalsamei em Saint-Dizier, tivera uma cópia, que depois passou a ser de um de seus primos, o famoso estatuder[2] rebelde Guilherme de Orange, chamado o Taciturno, de quem eu também tratei a esposa. Nem tudo o que ela me havia dito era verdade: duas semanas depois da conversa que tive com a marquesa, eu ficaria sabendo do verdadeiro conhecimento pela boca de um estranho homem que tinha a fantasia e os demais sentidos prejudicados e não discorria nas coisas com razão nem entendimento.

---

2 Título que se dava ao chefe da antiga república dos Países Baixos. (N.T.)

VISÃO V

Depois que Túndalo e o Anjo atravessaram um bosque muito escuro, deram com uma casa alta como um monte e redonda como um forno. As chamas do lugar queimavam quantas pessoas se encontravam ao redor. Os torturadores que ali estavam despedaçavam os condenados com machados e facas e os jogavam na casa ardente.

Nesse mesmo lugar morava um animal muito desfigurado: tinha os pés enormes, as unhas muito afiadas, duas asas largas e compridas nas costas, o rosto vermelho como fogo e pela boca cuspia grandes chamas. Esse animal estava parado sobre uma lagoa gelada. Via-se ele engolir quantos homens e mulheres encontrava. Depois que os havia engolido, os condenados sofriam em seu ventre muitos tormentos, depois os paria e eles caíam no lago. E saindo do grande frio do lago, os diabos os jogavam em uma enorme fogueira.

Todas as pessoas que jaziam no lago engravidavam, tanto os homens como as mulheres. Pariam por braços, por pernas e pelas articulações serpentes e animais maléficos que tinham rostos pontiagudos com os quais mordiam ao sair. Outros tinham as caudas afiadas e retorcidas feito

Hieronymus Bosch. *Jardim das Delícias*, 1504, fragmento "A Árvore da Vida".
Óleo sobre madeira, 220x389. Museu do Prado, Madri.

anzol que não as deixavam abandonar o corpo donde nasciam. Os torturados davam grandes gritos e alaridos, sem horas de descansos, nem piedade nem compaixão dos diabos. Então o Anjo disse: "Estas penas merecem aqueles que têm as línguas para maldizer, por isso sofrem as mordidas das serpentes."

O Anjo desapareceu e os diabos agarraram Túndalo e o arrastaram até onde estava o animal e o deram para ele engolir. Sofreu todas as torturas dentro de seu estômago e ao expeli-lo de seu ventre, Túndalo caiu no gelo da lagoa.

Nesse momento o Anjo apareceu e com suas mãos curou-lhe as chagas. Logo começaram a caminhar em silêncio por lugares mais tenebrosos e piores que os anteriores.

CAPÍTULO VI

Na tarde que descobri as telas, acreditando de pés juntos no que disse a viúva, a primeira coisa que fiz ao chegar ao palácio foi ir imediatamente buscar o esboço para me certificar de que o Homem Árvore era o mesmo em ambas as representações e comprovar, dessa maneira, que meu juízo não estava transtornado pelos maus humores, que costumam gerar quimeras, disparates e desatinos à sombra do Olmo dos Sonhos Vãos. O sol transmontava quando escutei o eco dos meus passos apressados debaixo dos forros salientes e entrei na antecâmara tão desesperado e confuso que, com os olhos do entendimento cegados, comecei a procurar nas caixas com papéis e entre os velhos tacos de pereira sem azeitar; e, assim como a noite não se mostra à luz de uma vela, encontrei a escuridão que buscava no meio da minha cegueira: o esboço se encontrava em um livro de Galeno, dentro do qual tantas vezes eu havia topado com ele. Com tanta gana e curiosidade olhei o rosto da ilustração que quase perfurei o desenho com a vista, sem dúvida alguma era o mesmo das telas. Depois, no mesmo instante olhei parte por parte e segui os traços como um homem muito douto nisso que chamam de as boas e liberais artes. E a tanto chegou minha curiosidade e desatino que, olhando o papel cada vez mais perto do candeeiro, a borda do mesmo se manchou de marrom e escureceu tanto que quase se queimou. A noite já havia entrado bem quando, na mesma borda que esteve a ponto de abrasar-se, descobri que a rubrica não trazia escrito o nome de Jeroen Bosch, e sim o de outra pessoa; mas eu tinha certeza de que o meu pai havia pegado o desenho das mãos do próprio artista. Nessa noite, quando tirei os olhos do Homem Árvore, pude ver no espelho meu rosto incrédulo e tosco cinzelado pelo débil lume.

VISÃO VI

O caminho pelo qual iam descendo aos abismos era cada vez mais estreito e apertado e quanto mais avançavam, menos a luz do Anjo era suficiente para iluminar o caminho por onde deviam retornar. Túndalo escutou que o Anjo disse: "Este é o trajeto do homem para a morte."

De todo modo, com muito trabalho chegaram a um vale onde havia inúmeras fornalhas. Ouviam-se variadas vozes e choros. O Anjo voltou a desaparecer.

Túndalo começou a chorar. Os diabos o escutaram, então o capturaram com tenazes ardentes e deram com ele no fogo. Depois começaram a esfolar-lhe as peles chamuscadas; queimavam outras muitas pessoas que jaziam dentro e derretiam todas juntas como chumbo. Retornavam os diabos com os garfos de ferro e tenazes, colocavam-nos sobre uma bigorna e golpeavam-nos com os malhos de ferro de uma tal maneira que todos os homens se tornavam uma massa redonda. Tanto martírio os condenados sofriam que desejavam morrer e não podiam. E os demônios que estavam na outra fornalha pediam que lhes jogassem os condenados e assim o faziam. E antes que chegassem ao chão, recebiam-nos com as tenazes de ferro *e davam com eles nas chamas, os queimavam como no princípio, até que todos ardiam e se tornavam centelhas de fogo.*

Enquanto Túndalo nessa pena estava, o Anjo chegou e o tirou dali e lhe disse: "De maiores penas das quais sofrestes, serás livrado. Até agora todos os condenados que viste esperam salvação, mas os outros que estão nos lugares que logo verás, nunca serão livrados, nem jamais sairão dali: quem nos infernos está, nunca terá redenção nem salvação."

CAPÍTULO VII

E como se todos aqueles fossem poucos sinais da desgraça e necessitasse o Infortúnio de um cúmplice, depois de duas semanas chegou à Corte um homem com roupas de médico. Segundo me informou um moço que chegou até meu aposento, o forasteiro vinha de Bruxelas e disse que se chamava Quentin e, além disso, acrescentou que ele desejava ter comigo por um caso urgente e de grande necessidade. Pareceu-me estranha a visita daquele homem, já que mortos meus pais, pensei que não restavam possibilidades de receber da minha cidade natal novos desassossegos, e por isso me assustei, mas sem chegar a me preocupar. A primeira coisa que pensei foi que o médico procurava ajuda para conseguir alguma casa, pois desde que a Corte se trasladou para a vila, a população não parou de aumentar. Naquele mesmo momento em que o moço me trouxe a notícia, eu saía para fazer com celeridade uma visita ao embaixador da Grã-Bretanha, e estava obrigado a ser pontual na hora combinada com tal ilustre varão, razão pela qual eu disse ao moço que desse as minhas desculpas a essa pessoa, pois não podia responder depressa sua demanda; e se ele o desejasse, podia me deixar escrito em uma carta qual era sua necessidade e prontamente procuraria dar uma resposta a ela. Quando retornei de receitar um drástico e uma *alina* quente de cabra para o embaixador, achei em minha antecâmara a carta do forasteiro pedindo-me que naquela mesma tarde o fosse ver na pousada da Rua do Gato, e acrescentava que um patrão seu, afetado por uma grave e profunda melancolia, tinha suma esperança e confiança em mim. Apesar de aquela notícia me envaidecer, trazia-me desejos de saber real e verdadeiramente qual era a razão daquela visita e, antes de passada a hora da sesta, não resisti à curiosidade e com muita diligência fui até a pousada.

Se pudessem ver o embusteiro. O anel de esmeralda no polegar, o chapéu de tafetá, as luvas dobradas e a espessa barba haviam transformado aquele homem em um médico dos pés à cabeça, mas suas palavras e seus gestos eram próprios do bufão Zúñiga. Desde aquela primeira vez que vi o infame canalha, tive-o por homem sem juízo e naquele mesmo instante, com o tom da fala soberbo e de recriminação, encarou a dureza e a secura de minha cara com a umidade de sua língua, por isso se poderá bem dizer, como eu li em Ovídio, se bem me lembro, "as coisas úmidas lutam com as coisas secas." Aquele mentecapto começou a dizer aos berros que um estudante em Pádua a quem eu dei conta de meu pensamento, chamado Tritônio, foi quem lhe revelou quão torto e disparatado era o meu pensamento: ele era dos que consideram que os demônios, por meio de raros venenos, podiam infectar o corpo chegando à cabeça pelos humores, e que dessa maneira faziam os homens adoecerem de melancolia; não segundo conjecturam muitos médicos, que Satanás pode transtornar a mente de modo direto; tudo isso disse com voz ameaçadora, embora burlesca como a do bufão que era de Carlos Quinto.

O néscio tinha a língua atrevida e inclusive até o dia de hoje não sei por que não tive a valentia suficiente para ir embora. Talvez tenha exagerado o decoro que a sua pessoa devia; somente pude atinar a lhe dizer que ignorava o que tinha por objeto e fim seu discurso e que toda minha intenção era trocar diferentes opiniões e unicamente sobre as acertadas matérias que nos aproximam de Deus. Pareceu de pouca importância o que eu havia percebido, já que imediatamente me disse com muito donaire e gravidade que os demônios, por serem espíritos magros e muito leves, podiam penetrar facilmente no corpo e, escondidos nas profundezas das entranhas, dali chegar a quebrantar a saúde e causar o pesadelo. Seu artificioso rodeio de palavras me parecia cada vez mais cheio de insolências e agravos, o que me obrigou a perguntar-lhe como podiam ser verdadeiros seus presunçosos pensamentos se eu nunca havia visto um só demônio em todos os corpos que havia dissecado. Ao calar, me arrependi de tudo quanto lhe havia dito, pois ele disparou uma carga de riso como os relinchos do cavalo e refreou de repente, sem deixar em seu rosto nenhuma marca fresca de seu riso. Em seguida, disse com voz irada que os espíritos entram e saem continuamente de nosso corpo como abelhas de uma colmeia, e incitam e dobram a pessoa quanto mais dócil for, e acrescentou que em uma colmeia morta as abelhas desistem de entrar, da mesma maneira que os demônios que se regozijam nos infernos dos pesadelos, como íncubos, súcubos ou efialtas, não entram nos cadáveres para causar melancolia, e por isso neles somente existe paz.

Quando fez uma pausa em suas dilatadas palavras, talvez tenha notado a maneira circunspecta com que eu o olhava, pois se apaziguou e, assim, sossegadamente, continuou dizendo: "Confesso-lhe, senhor Vesalio, que vossa mercê conhece o meu doente e seu pai, na primeira visita, levou-o consigo e depois ele continuou visitando-o em segredo durante anos. Agora já não vive na mesma aldeia, teve de fugir de sua gente e continua padecendo da mesma estranha doença que o mantém em uma eterna agonia."

Eu o olhava todo, admirado da notícia que trazia esse monstrengo, umas vezes olhava suas mãos, outras sua cara, e notei que ele padecia da mesma doença que a marquesa, aquele mal do qual eu até hoje continuo sofrendo. Sua pele era escamosa como a daquela senhora e a minha; a sua estava tão cortada e talhada que parecia a ponto de trocá-la; disso pude coligir que havia chegado até nós uma nova e estranha pestilência sem acidentes nem calentura, o que poderia ser chamada de tísica ou peste branca. E estando nesse pensamento e confusão, escutei que continuava falando, e ouvi dizer que não podia acrescentar mais nada, e que talvez já tivesse falado demais. Prosseguiu dizendo que a viúva de Mendoza enviara a Jeroen Bosch a história de onde eu estava. Jeroen sempre tinha notícias minhas, embora tenha tardado muito tempo a pedir por mim, pois esperou que eu tivesse uma experiência semelhante à de meu pai, e lhe parecia então, depois da repentina cura da marquesa, ter encontrado homem a seu propósito e por isso aguardava minha visita em sua casa de Bruxelas.

Acabando de falar, entregou-me um papel no qual estavam desenhados muito ao natural os caminhos e veredas para poder chegar à sua casa, e também me deu

Hieronymus Bosch. *Jardim das Delícias*, 1504, fragmento "A Árvore do Bem e do Mal".
Óleo sobre madeira, 220x389. Museu do Prado, Madri.

uma maleta com uma grande quantidade de dinheiro, que dobrava os rendimentos de meus últimos cinco anos de médico. E como muito bem diz o provérbio tirado da própria experiência: o lucro, o dinheiro, a necessidade e o interesse tornam os homens atrevidos, e por isso, subitamente e sem procurá-lo, confirmei que em breve tempo faria minha visita. Finalmente, disse-me que se apesar dos caminhos desenhados nos papéis confundisse alguma vereda de Bruxelas, não perguntasse por Jeroen Bosch e sim pelo pintor Brueghel e que agora um pajem seu me ajudaria a colocar a maleta do dinheiro sobre meu jumento e me acompanharia até a corte. E isso dizendo, entrou depressa em seu aposento sem que eu pudesse fazer-lhe pergunta alguma sobre esse pintor, já que Brueghel era o nome que aparecia na rubrica do esboço do Homem Árvore. O insolente me deixou falando sozinho, tendo uma pressa tão fingida que, não fosse eu também médico, me teria parecido verdadeira.

VISÃO VII

O Anjo e Túndalo começaram a descer no inferno mais profundo. Por entre as trevas se via um enorme animal mais negro do que a escuridão, com figura de homem dos pés à cabeça, salvo que tinha centenas de mãos. Todas as unhas eram de ferro, compridas como lanças. A cauda estava cheia de aguilhões muito afiados para trespassar os torturados que jaziam queimados sobre um leito de ferro que funcionava como grelha. Debaixo do fogo se escutavam os gritos de diabos que arrastavam os incontáveis torturados. Túndalo pensou que todas as pessoas do mundo, desde que fora formado, estavam ali.

O animal estava preso com correntes ardentes em todas as articulações do corpo. Quando se virava de um lado para outro, podia-se ver que tinha queimadas as mãos e com grande ira agarrava quantas pessoas pudesse alcançar e as espremia assim como um cacho de uvas. Depois as soprava e as espalhava por diversas partes do inferno. E se alguma vítima podia fugir de suas mãos, capturava-a com a cauda.

"Este é Lúcifer — disse o Anjo — que no começo das criaturas de Deus vivia nos deleites do Paraíso. Se Lúcifer

estivesse solto, os céus, a terra e mesmo os abismos tremeriam. Muitos diabos desta multidão que tu aqui vês foram anjos do céu. Estes outros são os filhos de Adão que pecaram mortalmente e não fizeram penitência."

Então disse Túndalo: "É espantoso, aqui vejo muitos parentes e homens da companhia que eu servi..."

O Anjo lhe respondeu: "Alegre-se, bem-aventurado sois, porque até aqui vistes as penas dos maus e de agora em diante verás a glória dos bons."

CAPÍTULO VIII

Para sair de Villa y Corte era preciso uma pessoa poderosa que me desse proteção; e entre o ir e vir pela galeria, vagando pelo palácio e pelas ideias, cheguei à conclusão de que a pessoa mais poderosa que poderia me ajudar era o próprio Rei. Naquela tarde, enquanto lhe tomava o pulso, consegui que Sua Majestade assinasse o salvo-conduto que me permitiria viajar até minha cidade natal, pois sua régia Majestade estava convencida de que eu ali encontraria ervas melhores para curar sua melancolia.

Quis partir uma vez amanhecido e me faltaram duas horas de sol para entrar no caminho que se estendia pela grande agonia e se transformava na mais prolongada de todas as minhas viagens. Não escutava os cumprimentos dos tropeiros nem dos carreteiros, pois me acolheu o entretenimento de ler no coche uma pasta que tratava sobre como evitar o uso do óleo fervendo para deter o sangue e não pude ler demasiado já que me entretive olhando o esboço do Homem Árvore que levava entre seus fólios. Ia tão certo que Jeroen era um imortal, ou pelo menos um desses gênios do ar, que, ao serem interrogados durante os exorcismos, diziam viver cerca de oitocentos anos, que não colocavam a imaginação em pensar que era mentira e loucura. Entre aqueles e outros pensamentos semelhantes, entrei na cidade por volta da meia-noite. Bruxelas estava em um extenso silêncio, pois os vizinhos dormiam a sono solto na noite escura e fechada na qual alguns relâmpagos avançavam do monte às furtadelas e sem fazer barulho. Mas, de quando em quando, zurrava um jumento e miavam os gatos, cujos sons aumentavam no sepulcro da noite e tudo tomei eu por mau sinal. Com essas vozes e essa quietude, caminhei cinco ruas em meio a relâmpagos com seus primeiros trovões e águas do céu; e depois de entrar em um caminho e dar uns cem passos, estava diante da casa de Brueghel. Disse ao cocheiro, aos postilhões[1] e aos dois moços de mulas que fossem à pousada do Sablón. Depois, alcei os olhos ao acaso e vi que por entre a gelosia espessa e apertada de uma das janelinhas se projetava uma luz e, mais por temeridade da tempestade do que por valentia, bati forte na porta. E em tal ponto começam os erros de um médico que se transforma em testemunha de coisas que mal se poderá acreditar e que, apesar de que devessem ser guardadas em segredo, para não passar por um

---

[1] Indivíduos que transportavam mensagens a cavalo; mensageiros. (N.T.)

homem que está de pernas bambas e de miolo mole, narra estas desventuras.

Ao abrir-se a porta, Quentin surgiu de capote de burel e me recebeu com tanta diligência como quando havia se despedido de mim na pousada da Rua do Gato. Levou-me, apressando-me o passo, por escadas e corredores e me fez entrar em um ateliê de pintor que estava às escuras e tinha as janelas sem cortinas nem gelosias que davam para o escuro vazio da noite. Em seguida, iluminou a sala tão rápido que ainda não sei como fez para acender, com não vista desenvoltura, o que em um primeiro momento pensei que eram velas. O idiota, que a tudo havia estado perplexo e calado, era parecido com aqueles doentes a ponto de desmaiar de jejum. Eu, pois, tampouco sabia como começar a falar e lhe entreguei sem fazer comentário algum, acreditando que isso seria uma estocada de altivez, o desenho do Homem Árvore com a assinatura de Brueghel. Primeiro, demorou a apanhá-lo com suas mãos manchadas com as cores de um crepúsculo, e depois olhou o desenho levantando seus olhos algumas vezes por cima do papel para acometer os meus. Nesse olhar podia divisar aborrecimento e nele encontrava também ansiedade. Nisso, saiu da sala prometendo-me voltar rápido, mas demorou até a impaciência. Enquanto se dilatava a tardança, quis me entreter, para apaziguar o terrível aperto e angústia que aquela me causava, olhando algumas telas pintadas, mas quando a cidade, sob a apertada chuva, se iluminava com os relâmpagos, estes se multiplicavam, pois as janelinhas também pareciam ser quadros de tempestades.

Estava na maior das telas, sustentada por um enorme cavalete, pintada muito ao natural, uma batalha feroz e desigual: o Rei, os cavaleiros, um bufão, um músico, algumas damas e uma multidão de plebeus eram derrotados por um incontável exército de toscos esqueletos; alguns usavam as tampas dos ataúdes como escudos e um deles, no centro da tela, montado em um estirado e avelanado cavalo tangia com uma foice uma multidão em direção a um singular e grande sepulcro de madeira. No único canto em que faltava aplicar os pigmentos, aparecia como em rascunho um ossamento que empunhava uma espada ou um machado e ia degolar um homem ajoelhado, com vendas nos olhos e um rosário de contas nas mãos, mas não tinha nesse esboço um homem desolado e abatido, pelo contrário, o ar que havia entre o machado e o talho era o único lugar da tela em que ainda discorria uma vida inteira. A casa toda estava em silêncio, só interrompido de quando em quando por um trovão; as sombras que salpicavam as chamas dos castiçais pendurados por toda a sala somente se atiçavam com os relâmpagos, pois o fogo daquelas não cintilava nem com a minha respiração nem o havia feito antes com o suave sopro do abrir e fechar da porta quando Quentin saiu da sala. E assim, com esses tão reveladores pensamentos, embevecido e enlevado pelo assombro que nisso sentia, e percebendo também que a sala não cheirava nem a cera nem a óleos, levantei os olhos com dilação e pausas, e vi as lamparinas sem fogo nem fumaça que havia descrito meu pai; as luzes despojadas às brasas do inferno que haviam apagado sua alma para sempre. A tudo isso pude acrescentar ao meu raciocínio o comentário de um letrado, que não faz muito tempo eu parara para escutar atentamente na corte, que dizia haver lido que o franciscano inglês Roger Bacon havia inventado, três séculos atrás, uma estranha máquina de luminescência perpétua que não requeria cera. Estando em tão lúcido encadeamento de recordações, caíram-me na mente as palavras que Jeroen havia dito em minha casa e haviam sido recordadas por minha mãe antes de morrer, e eram que ele tinha mais de trezentos anos. É bem verdade que senti haver caído nos ardis e estratagemas de uma seita diabólica; que eu nessa sala era mais mortal que nunca e que se não cerrasse os dentes, minha alma sairia pela boca; além de acreditar que a própria Morte sairia da tela com sua foice, montando o finado cavalo e me acometeria pelas costas. E acreditando que alguém sem dúvida me olhava, virei a cabeça e vi Quentin iluminado pelos lustres acesos com as brasas sempiternas do inferno. Este parecia que da porta, por onde antes havia saído, sussurrava ou, talvez, fosse eu quem, ensurdecido pelo ruído dos meus pensamentos, somente via sua boca abrir e fechar como se falasse detrás de um vidro. Depois, enquanto me passava o esboço e eu, sem mais nem menos, guardava-o entre meus apontamentos, parecia-me que ele murmurava entre dentes, e como quem sai das profundezas de um rio para a superfície, consegui escutar algumas palavras confusas, entre as quais não me saem da lembrança aquelas que diziam que o esboço era uma das cópias feitas por Jeroen que, como convocador da confraria, os entregava a seus membros. E começou a dizer, acudindo à memória de um trovador, mas sem a trova deles, o que verá aquele que ler meus fólios, nos quais, não faz senão um mês, escrevi mais longamente o princípio e origem da confraria, cujos muitos acontecimentos de grande admiração fazem com que tivesse até há pouco essa história por apócrifa, ou o que imediatamente, para abreviar, contarei curta e sucintamente aqui.

VISÃO VIII

Naquela hora, o Anjo começou a tirar Túndalo do inferno. E vendo-se já livre daquelas penas, com bastante alegria, disse: "Sou outro homem, Anjo: antes era cego e agora vejo; antes estava triste e agora estou alegre; antes tinha medo e agora não." E caminharam até um jardim diante de um alto muro, onde muitos grupos de homens e mulheres sofriam tempestades de vento e água, e estavam famintos.

O Anjo disse: "Estes são os que não cumpriram as obras que tinham com os pobres; sofrerão aqui algum tempo."

Depois, ambos avançaram em direção ao muro e encontraram uma porta que se abriu sozinha. Entraram e caminharam por um campo florido, com cheiro muito bom e grande claridade. Sobre a grama descansava uma multidão de homens e mulheres. Todos se alegravam com a presença do cavaleiro. Ali havia uma árvore com frutos de cor encarnada bem viva e folhas que brilhavam como espelhos verdes. O Anjo disse: "Aqui moram os bons que não foram tão bons como poderiam ser. Eles merecem estar afastados do círculo dos santos e estarão aqui por algum tempo. E essa é a Árvore da Vida e os que comem de seus frutos vivem para todo o sempre."

Hieronymus Bosch. *Jardim das Delícias*, 1504, fragmento "Inferno Musical".
Óleo sobre madeira, 220x389. Museu do Prado, Madri.

CAPÍTULO IX

O leitor desta compendiosa história pelo menos há de saber que Jeroen e Quentin, há muitos anos, que passam de trezentos, eram Frades da ordem dos Irmãos Menores de Oxford. Um dia, estavam juntos com outros frades na hora do Ângelus, na afastada torre onde se encerravam de dia para escrever e de noite para fazer observações de astrologia e assim pintar os pontos de que se compõem a esfera celeste e a terrestre, e, preparando-se para isso, viram que eram propícios os astros para fazer a experiência da cabeça falante, construída por um frade nigromante que dizia que aquela mesma tinha propriedade e virtude de responder com verdades a quantas coisas lhe perguntassem. E, pois, aqueles frades hereges começaram querendo saber como entrar no Paraíso terrenal, vencer os querubins e as chamas da espada fulgurante para conseguir o fruto da imortalidade. A cabeça, com repentina e não esperada resposta, revelou o intrincado caminho pelo qual se chega à Árvore da Vida. E contando-me ponto por ponto este disparate, Quentin conseguia esquentar meu sangue e meu rosto, mas eu fingia que não me comovia nem incitava meu ânimo; pois me mantive fleumático e com grande remanso; qualquer um que tivesse me visto diria que meu pulso era sossegado como o abrir e fechar de olhos de um penitente.

E depois, durante o tempo de três anos, dizia Quentin, ele e um grupo de frades haviam tido por árdua e suma empresa esconder os desamparados animais e árvores do Paraíso, os quais com a violenta entrada dos religiosos haviam ficado sem proteção e com este fim os transportaram até perto de uma saída do inferno em uma ilhota do rio da Boêmia, cujo nome é como se em latim disséssemos "água que flui através dos prados." Ali, os frades plantaram as árvores do Paraíso, e para não esquecer sua localização as marcaram cifradas, como se as linhas fossem o curso do rio na música carnal do inferno na pintura de Jeroen. Mas uma seita quis ofendê-los, e para isso nomearam como seu capitão um valente soldado chamado Zisca, sem um dos olhos e grande herege. Este, com uma multidão de soldados, se fez forte na cidade de Tabor e dali com seus taboritas saíam e faziam grandes maldades. Quentin me disse que ali os frades juntos com os gentis, que diziam ser idólatras de nosso pai Adão e ter o espírito livre, viveram por muitos anos com a bondade e a inocência que o homem tinha antes do Pecado original, até que foram alcançados e com presteza abatidos pelos homens do sanguinário exército de Zisca, que queriam se apoderar das árvores do Paraíso. Os frades que conseguiram fugir estavam espalhados em grupos pequenos e escondidos com outros nomes em diferentes cidades. Jeroen, para citar um caso, chamava-se Roger Bacon e havia tomado primeiro este nome e depois o de Pieter Brueghel, um filho de camponeses que havia morrido sendo mancebo. Mais tarde tiveram notícia de que Zisca não pudera encontrar, por desconhecer a mensagem cifrada das telas, onde estavam as árvores plantadas e que ainda continuavam a salvo. Segundo se conta, quando Zisca foi fazer as pazes com o Imperador da Boêmia, no caminho lhe deu uma peste bubônica, que o matou enquanto pedia que esfolassem seu corpo e que a carne e os ossos fossem jogados aos cachorros, e que com seu couro se fizesse um tambor de guerra para com seu barulho espantar os inimigos.

De repente vi e notei — sem saber em que momento e com que palavras Quentin havia terminado de falar — que ele me olhava atentamente, em silêncio e esperando resposta a alguma pergunta que me havia feito. E não sabendo o que arguir nem o que fazer, a primeira coisa que fiz foi recriminá-lo pelo quebrantamento da fé e pela falta de entrega ao Senhor Jesus

Cristo e também lhe disse que seguramente eles, ao aceitarem essas heresias e acreditarem nelas, teriam uma pitada de luterano. Eu posso salvar o corpo dos homens, que é minha máxima aspiração, e nunca sua alma infectada com perfídia e apostasias. Ante minha advertência, Quentin disse que ele, embora tivesse os caminhos abertos do Paraíso, sempre procurava cumprir os dez mandamentos da lei muito bem guardados à força de maço e escopro; e da mesma maneira, também o fazia Jeroen, que desejava de forma cristã publicar um livro, que há muito tempo vários autores estavam elaborando, sobre a cura da melancolia, sob a assinatura de um único nome: Demócrito júnior.

E acrescentou dizendo que eu secretamente, como o resto dos médicos que haviam ajudado a confraria, devia favorecer tal empresa com minha indústria e sabedoria, para imprimir logo a obra e, dessa maneira, extirpar o obscuro mal. E, levantando a voz e com gestos arrogantes, Quentin prosseguiu dizendo que nem suas palavras nem os infernos de suas pinturas deviam ser condenados ao fogo, pois com elas não só ganhavam dinheiro para sustentar a confraria mas também, como eu com muita agudeza descobrira nas telas da antecâmara da marquesa, por meio das posturas cifradas dos corpos podiam se comunicar com outros membros e, com as anotações secretas na escritura musical do inferno, encontrar os caminhos para a Árvore da Vida, e que graças à minha sagacidade nesse momento eu podia ver Bacon ou Bosch, ou melhor, Brueghel, já que era conveniente chamá-lo por seu último nome. E naquele mesmo instante saiu pela mesma porta que da primeira vez, antes que eu lhe dissesse que não havia desentranhado sentido algum nas posturas plasmadas naquelas telas nem o caminho para o Paraíso e que tampouco havia percebido, até esse momento, a ordem alfabética dos sobrenomes de Jeroen que começavam com a letra B. De novo a tardança de Quentin foi tortuosa e, ao voltar, disse que já podia visitar o *doutor mirabilis*, que jazia na cama, porque lhe havia aumentado o humor da melancolia e, embora lutasse para se levantar, não conseguia fazê-lo.

VISÃO IX

Quando foram mais adiante, Túndalo viu vários de seus conhecidos, entre eles estavam dois reis, e disse: "Anjo, explica-me isto que vejo. Como é? Por que estes dois reis, a quem eu conheço muito bem e sei que ambos foram muito inimigos e de vida viciosa, como vieram e estão aqui nesta glória?" E o Anjo lhe respondeu: "Antes de morrer fizeram digna penitência, cada um deles. Um esteve longo tempo doente e prometeu que se vivesse e se curasse daquele mal depois entraria nas ordens. E o outro, lembrando quantas más ações havia feito, partiu e deu como esmola todos os seus bens para os pobres."

CAPÍTULO X

Depois entramos no aposento e, apesar da estrepitosa voz do insolente bufão que continuava falando comigo, os demônios daquele recinto, do mesmo modo que o deus pagão fez com Enéas diante das súplicas de Dido, tamparam meus ouvidos para que não escutasse mais as sandices que Quentin dizia. E com essa surdez, como a da morte, acheguei-me até o doente e ali tornei a pensar o que muitas outras vezes havia considerado sem jamais ter me resolvido nisso, e era que a mistura de maldade, embuste e velhacaria que se acha em Satanás não está separada por um abismo tão profundo da de Deus, nem que tampouco existem grandes diferenças entre a bondade divina e a diabólica, o verdadeiro cismático é o homem, o mais malvado de todos os seres, sejam estes humanos ou não. E pensando, pois, nessas heresias, rogava não cair nas mãos dos homens, como desejava o pastor Davi; mas esses bárbaros tinham mais ferocidade que o lobo, e eu já havia ficado preso e enlaçado nessa intrincada rede da curiosidade e com tristeza em meu peito vi que, eclipsado pela barba do doente, resplandecia o rosto suarento e branco de Jeroen, um rosto mais jovem ainda do que aquele que estava cravado em minha memória. Ele, por esses dias, também estava infectado com a mesma pestilência na pele que a marquesa, Quentin e eu, ainda mais agravada, pois ao correr as mantas pude ver que tinha o corpo todo coberto de escamas brancas como um leproso e, além disso, no pescoço, ombros e braços, grandes pedaços de pele haviam caído inteiros. Voltei a pensar nessa pestilência branca que nos condenaria a todos, no entanto, por baixo daqueles machucados, aparecia-lhe uma flamejante e ainda rosada camada de pele, semelhando a esperança de uma aurora sem nuvens, depois de uma noite como esta, povoada de chuva, trovões e relâmpagos.

Olhei bem devagar e com atenção seu melancólico semblante e assim pude me assegurar de que seu rosto era o mesmo do Homem Árvore que eu tinha em rascunho e que também havia visto pintado no inferno da antecâmara da marquesa. Mantive-me ali, de pé e mofino, olhando para os dois: para Quentin, com menos e menores escamas do que quando estivera em Villa y Corte, ele continuava mexendo seus lábios depressa e continuamente, apesar de que eu não ouvia sua voz, e também olhava para Jeroen, antes Bacon, agora Brueghel, sempre o Homem Árvore, cujos olhos abertos estavam baldios de qualquer imagem, semelhante a um espelho enterrado na noite.

Queria dizer alguma coisa e as palavras não me chegavam à boca. Era-me necessário dizer alguma coisa que lhes desse a entender que eu, como eles, sou mais saturnino que jovial e que a duradoura agonia de Jeroen me trazia à memória a triste lembrança de meus terríveis apertos e angústias que não me deixavam dormir à noite. Que não consigo um momento tranquilo para achar uma receita que consiga mudar os humores negros, amargos, frios, secos e espessos para humores cálidos, doces, moderados e vermelhos para criar no coração vapores mais sutis e fortalecer os espíritos vitais, que são os laços entre o corpo e a alma. E estando nesses pensamentos, encontrei-me inclinado sobre o catre, tomando o pulso de Jeroen, em cujos olhos via, ao estar próximo, maior profundidade; eram dois poços em cujos escuros fundos brilhava, como água de azeviche, o humor da melancolia.

VISÃO X

O Anjo e Túndalo, indo como iam pelo purgatório, encontraram-se diante de um palácio muito honrado. Era um grande edifício com feitura de ouro e de prata, com remates de pedras preciosas. Tinha muitas e infinitas portas que resplandeciam como o sol. E por quantas portas se quisesse entrar se podia, por isso todos quantos chegavam até ali deixavam de contemplar o edifício por querer entrar depressa. E era esse palácio muito amplo e redondo, sustentado por colunas. O chão também era de ouro e pedras preciosas. Túndalo, enquanto se deleitava olhando como estava construída aquela tão grande formosura e nobreza, pôde ver sentado em uma cadeira um Rei muito bem vestido, com tais vestimentas que nunca até então outras semelhantes havia visto. Também via como perambulavam diante do rei muitos homens que lhe ofereciam dobrões dourados e sacerdotes com suas vestimentas muito nobres que traziam nas mãos cálices de ouro e de prata e arcazinhas de relíquias que punham sobre tábuas ornamentadas.

Era aquele palácio tão honrado, tão lindo e tão glorioso que quase maior alegria no reino de Deus não há.

E quantos chegavam ao Rei, todos se serviam de joelhos em terra diante dele, recitando um verso do saltério que diz assim: "Do trabalho de tuas mãos comerás, e serás bem-aventurado, e sempre terás glória." Então disse Túndalo: "Te rogo, Anjo, que me digas o que acontece que de tantos que servem a este Rei, que é meu senhor, não vejo aqui nenhum daqueles que lhe serviam quando estava vivo?" O Anjo lhe respondeu: "Tu deves saber que não está aqui nenhum dos seus que o serviram no mundo; estes são aqueles a quem deu seus bens e esmolas e por eles recebe tamanha honra e glória. Mas sofreu e sofrerá. Mas espera um pouco e verás sua pena."

E assim, a desoras, fez-se o palácio muito escuro e negro. Então se entristeceram quantos estavam no lugar e o Rei se pôs muito perturbado e triste, tanto que chorando se levantou daquela cadeira e saiu. A companhia que o servia, a quem ele havia dado esmolas, abria suas mãos e as alçavam ao céu e rogava por ele. Então Túndalo viu como o Rei jazia no fogo até o umbigo e, na parte de cima, vestia cilício. Então o Anjo lhe disse: "Porque cometeu adultério veste cilício e porque fez matar um conde está afundado naquele fogo até o umbigo."

CAPÍTULO XI

Aproximando minha orelha da boca de Jeroen para ouvir seus respiros, este soltou uma voz doente e lastimada, e em meio a arfares e dolorosos suspiros me falou em um bom latim continuado, dizendo-me que eu devia continuar examinando o interior dos homens e não dos cadáveres, pois ao ser estes abandonados pelos demônios, eles são a origem da melancolia. E depois acrescentou que era preciso curar da única doença que nos podia fazer agonizar, mas não disse que provocasse a morte. Perguntei-lhe em românico por que combinou com Quentin que me enviasse a chamar tão depressa. Respondeu-me em latim que eu devia confirmar, com minhas próprias mãos e meus próprios olhos, as muitas veras de seus males; também me disse que sempre há esperanças e ainda há vida entre o machado e o talho. Sua voz, pouco a pouco, foi se perdendo em uma profunda letargia; sua esmorecida respiração soava em meus ouvidos como um fole para o fogo e, ao final de cada respiro, entreouvia-se, à maneira daquilo que causaria se saísse do fundo de uma caverna um chilreio de pássaros ou música de charamelas, e, misturado com isso, deixava escapar uma ou duas palavras de cada vez, das quais até agora somente me ficaram na memória: *Pater tuus, ultimum, fructum, gratificari* e *filio*. E assim, preso às suas pausas e dilação ao falar e prestando atento ouvido a se conseguia ou não acrescentar mais alguma palavra, fiquei perto dele, embora tenha me parecido que era preciso respirar outro ar e pensava que nesse aposento fechado a pestilência andava muito comum ali e eu me guardava dela o quanto podia, para que meu corpo não se infectasse.

Lá fora uma chuva digna da fúria de Júpiter, prenhe de relâmpagos e trovões, caía sobre nossa viciosa Idade de Bronze, mas não duvidei em me despedir e prometi a Jeroen voltar logo com um remédio; além disso, disse-lhe que me parecia muito bem seu parecer e que acataria seu conselho de abrir corpos com vida. E, apesar de Jeroen parecer desmaiado, pude perceber que minhas palavras pulsaram nas sombras de suas têmporas.

Quando saí do aposento, disse a Quentin que a saúde do senhor Bosch me causava tanta aflição como a que havia sentido meu pai por ela. Não sei se por cortesia ou por parecer gracioso, o mentecapto me disse que não acreditava que a essa hora navegasse Noé com sua arca até esse porto para me embarcar e me convidou a passar ali as horas da noite. Eu lhe respondi perturbado e depressa, temeroso de não achar com presta ligeireza uma desculpa crível, que ia me hospedar na casa de uns velhos amigos que tinham notícia de minha chegada e estavam me esperando. Quis assim, com essa mentira, encerrar toda nossa conversa.

Enquanto eu estava envolvido pelas águas do céu, ele acrescentou dizendo que, apesar das grandes diferenças que havia entre a ciência dele e a minha, eu era bem-vindo àquela casa; e que ademais de ter conhecido meu pai, que o tinham a grande felicidade, haviam granjeado três coisas: a primeira, ter sabido que sem armas nem pais-nossos, só com o ofício da medicina se deve lutar em singular batalha contra o *inimigo antigo*, a causa principal de todas as melancolias; a segunda, entender e confirmar a natural inclinação que tem um pai a amar seu filho, como a doninha, já que meu sobrenome toma o nome desse animal, que com ervas ressuscita sua cria morta; e a terceira, ter conhecido que se pode ter confiança em minha família, já que meu pai havia mantido em segredo a existência do *doutor mirabilis*.

Quentin ficou na porta, enquadrado por ela, sem dizer mais palavras, quieto e iluminado pelas lamparinas sem fogo da sala, como um retrato do demônio.

Naquele lugar e naquela hora, eu não podia nem devia ser proveitoso em nada, pois, como já havia dito naquela noite, meu ofício nunca poderia salvar as almas, e sim os corpos que, como disse um amigo, não há que tê-los em tanta estima como os tem o vulgo, pois são vazios, frouxos e como sombras ao cair da tarde; grandes, mas de nenhum proveito e prestes a se desvanecer.

VISÃO XI

O Anjo e o cavaleiro foram um pouco mais adiante até que toparam com um muro de altura descomunal e resplandecente de ouro e de prata. Quando Túndalo olhou para uma das inúmeras portas, ele e o Anjo, sem terem se mexido, encontraram-se do lado de dentro. Então pôde ver ao seu redor vários grupos de homens e mulheres com lindas e nobres vestimentas cantando muito suave. Todos ali estavam alegres e os sons de seus cantares sobravam sobre outras doçuras e cantos e instrumentos do mundo. O reluzente campo estava como que pintado a óleo e seu aroma era melhor do que todos os cheiros e especiarias que existem sobre a terra.

Então Túndalo disse: "Eu te rogo, Anjo, se for do teu agrado, que descansemos aqui nesta vastidão tão boa."

O Anjo respondeu: "Embora estas glórias que vistes te pareçam tão grandes, ainda verás maiores. Aqui estão os que foram bons esposos e viveram lealmente sempre cumprindo as obras de misericórdia e dando de seus bens esmolas aos pobres. Agora convém irmos adiante e verás muitas coisas mais nobres do que essas."

E, assim, quando iam caminhando passavam diante de companhias de homens e mulheres, que inclinavam suas cabeças e recebiam o cavaleiro Túndalo com muita honra e alegria e o saudavam por seu nome.

CAPÍTULO XII

Bem lembrará aquele que tivesse escutado esta história digna de um apotegma que um pouco mais de dez anos faz que um velho mestre de muito burlesco e desenfadado engenho, em sua *refutação* aos meus escritos contra a anatomia de Galeno, transtrocou meu sobrenome, mudando nas debochadas redomas de seus amolecidos e maduros miolos a figura da doninha na de um louco furioso, pois não me chamou de Vesalio e sim de Vesânico.[1] Devo confessar que nunca havia tido por verdade a debochada sentença de meu mestre até aquela noite, na qual caminhava triste e colérico pelas ruas de Bruxelas, envolto de cima a baixo, ora pelo transparente elemento enviado por Netuno, ora pelas turvas águas dos telhados, caindo de bruços no lamaçal, tantas vezes como foi possível levantar-me do chão, para enfim chegar metamorfoseado em um girino à pousada onde me aguardavam os homens que me haviam acompanhado até a cidade.

Nessa noite ruim, estando acordado e desvelado, veio à minha mente a fábula apólogo na qual a serpente

---

[1] Vesalio é a forma latinizada de Andries van Wesel. E em alemão, "Wiesel" significa doninha. (N.T.)

foi enviada por Deus ao Paraíso terrenal para informar aos nossos primeiros pais que deviam comer os frutos da Árvore da Vida e, comendo-os, eles seriam imortais. A peçonhenta mensageira encontrou nossa mãe Eva e a enganou dizendo-lhe que, se desejassem ser eternos como Deus, deviam comer da Árvore da Ciência do Bem e do Mal. Depois a serpente encontrou a Árvore da Vida e comeu um de seus frutos; assim, pois, as serpentes vivem até que sejam mortas. E, em meio a sonhos, enfiou-se na minha imaginação que Jeroen muda sua pele para manter-se jovem, como conta Plínio das serpentes. No dia seguinte, ao amanhecer, com o sol encoberto entre nuvens, com pouca luz e mornos raios, pegamos o caminho de volta para Villa y Corte sem o pesadume da chuva.

VISÃO XII

O Anjo e Túndalo continuaram caminhando, até que apareceu outro muro precioso, em cujo interior havia muitas vilas de ouro e de prata e de pedras preciosas, enfeitadas com tapeçaria e seda. Nelas habitavam muitos homens, mulheres e crianças com lindas vestimentas e com cabelos de ouro. Todos usavam coroas brilhantes e a cara de cada um resplandecia como o sol. Diante delas haviam atris de ouro e sobre eles livros com letras coloridas. E quando Túndalo os viu, esqueceu todas as outras coisas que antes havia visto. Então disse: "Eu te rogo, Anjo, que me digas: para quem é esta glória?" Respondeu o Anjo: "Esta glória é dos que receberam martírio e também para os que sempre viveram na castidade e, embora não fossem virgens, sempre viveram castamente, e por isso receberam essa felicidade, como vês."

O cavaleiro divisou majestosos castelos por toda parte e tendas de seda, de púrpura, de escarlate, de ouro e de prata arrumadas maravilhosamente. No coro viu órgãos e saltérios, violas de mão e violões e outros diferentes instrumentos que faziam sons assombrosos. Então disse Túndalo: "Eu te rogo Anjo, que me digas: estas tendas, *de quem são?"* O Anjo lhe respondeu: *"Estas tendas são dos que viveram sempre em ordem e obedeciam e sofriam muitas penas, e sempre deram muitos louvores e por isso moram neste lugar tão nobre e estão nesta glória e para sempre estarão elogiando e louvando."* Então disse Túndalo: *"Anjo, se te aprouvesse, gostaria de aqui descansar para conhecer aqueles que estão dentro, que com certeza entre eles estará meu filho, que terei grande gozo de ver."* E o Anjo disse: *"Agrada-me que o vejas, mas não entrarás, estes estão sempre na presença da Trindade. Veja que quem lá entra nunca dali sai, salvo se for virgem que mereça companhia mais alta com os anjos. Mas andemos que outras coisas verás."*

CAPÍTULO XIII

Nos dias seguintes a ouvir as palavras de Jeroen, com suma loucura e cegueira, concebi a desventurada e árdua empresa de precisar em que parte da fábrica do corpo humano é elaborada a melancolia; e assim determinei, sob pena de cair na desgraça da fogueira, achar por minha conta os corpos que deveria abrir com suas almas ainda lá dentro. A princípio havia pensado em retirar, com algum pretexto, moribundos do Hospital da Corte e as desculpas não caíam em minha mente e, às voltas com isso, era-me necessário que os homens, aos quais eu abriria o peito de cima a baixo, não devessem se queixar da ferida, embora suas tripas saiam por ela; e os doentes do hospital eram bastante queixosos, cujos gemidos, queixas e endechas[1] menosprezavam os lamentos do desconsolado Jeremias. Isso colocou em debandada minhas esperanças, e tive por melhor que o céu tivesse me colocado aquele grande impedimento e os inescrutáveis fados, sem mais nem menos, puseram diante dos meus olhos os fólios que tratavam sobre como evitar o uso do óleo fervendo para estancar o sangue, os mesmos que havia levado

[1] Canção triste de tom melancólico e sentimental. (N.T.)

comigo na viagem a Bruxelas e os quais talvez tivesse enlameado quando, tendo cegados os olhos do entendimento, saí da casa de Jeroen. E estando na empresa de querer limpar os documentos emplastados com lodo, encontrei entre eles a ilustração do sereníssimo Homem Árvore. Não podia dar crédito à verdade que meus olhos estavam olhando, ao haver encontrado o que tão logo já não requeria procurar; ao voltar a ver o esboço imediatamente de uma só vez desentranhei o sentido da inteireza do Homem Árvore, já que seu olhar era impassível apesar de ter o corpo aberto, sem unguentos nem vendas e, até mais, com uma taberna cavada entre ambas as nádegas. De modo semelhante a como eu havia visto sair das portas das tabernas e botequins de Villa y Corte bêbados estrangeiros, que caminhavam bamboleando até cair no chão tão desmaiados que nem a desaforada batida da queda, nem os tropeços e pontapés dos caminhantes, nem mesmos as mordidas dos cachorros os acordavam antes de passadas umas duas horas de haver perdido a consciência. E assim, sem deixar de olhar o esboço, conjecturei que esses bêbados me eram necessários para achar os demônios da melancolia atalhados no corpo humano e, além disso, logo ninguém os teria na memória e, por conseguinte, nunca seriam procurados.

VISÃO XIII

E quando foram adiante, Túndalo descobriu inúmeros grupos de religiosos e religiosas que tinham o mesmo brilho que as estrelas. As vozes, a alegria e a doçura dos cantos e sons que faziam e soavam eram tais e tão grandes que sobrepujavam todos os outros muito altos e maravilhosos tons de melodia e instrumentos que antes havia escutado. Todos os eleitos que ali estavam cantando não moviam seus lábios nem balbuciavam em seu cantar, nem faziam coisa alguma que não fosse soletrar muito harmoniosamente. No lugar havia redomas de ouro, vasos e sinos pendurados e tinham livros em grande quantidade, tão lindos e tão ricamente obrados que não há homem que pudesse descrevê-los. Entre as pessoas andavam muitos anjos velando e cantando nobres sons de grande alegria. Por tudo isso que Túndalo via, queria descansar ali.

Mas o Anjo lhe apontou um lugar e lhe disse: "Veja."

E então o cavaleiro olhou e viu uma árvore muito grande, cheia de flores e de folhas, com diversas frutas de diferentes cores. E as pessoas que descansavam ali embaixo, entre lírios, rosas e variadas ervas que davam muito cheiro, diziam muito maravilhosos cantares. Debaixo daquela

Hieronymus Bosch. *Jardim das Delícias*, 1504, fragmento "Inferno Musical".
Óleo sobre madeira, 220x389. Museu do Prado, Madri.

árvore moravam grupos de homens e mulheres. Seus assentamentos eram em cadeiras de ouro e de marfim. Aqui também todas as pessoas tinham coroas de ouro nas cabeças e em suas mãos cidras muito lindas. O Anjo disse a Túndalo: "Esta árvore, como vês, tem a figura da Igreja. Os que moram sob sua sombra são os que deixaram o mau caminho e seguiram o bom. E por isso recebem esta honra e esta glória e alegria. Vamos mais adiante."

CAPÍTULO XIV

A cada anoitecer saía da corte, dizendo à guarda que tinha que visitar um doente e eles acreditavam que eu visitava amiúde e muito secretamente alguma dama com a qual tinha um amor lascivo e desonesto, pois ia sem hábito de médico. E ao sair, fazia um estranho rodeio por ruas e vielas e, retornando perto da Corte, entrava em uma escura taberna onde eu, entre gente plebeia e humilde, era parte do vulgo. Bebia todos os dias, como tinha por costume, meio litro do branco de Sant Martín que, andado pouco a pouco o tempo, já não precisava pedir e, por outro lado, o taberneiro havia deixado de levar à boca minhas moedas para fincar os dentes nelas, para ver se dobravam como as falsas. Este homem tinha como empregado um rapaz corpulento, tonto e muito receoso, cheio de suspeita e, além disso, um saco de maldades com os bêbados que aumentavam a dívida mais do que o dinheiro que levavam no bolso. Um dia, com um depósito de nuvens negras no céu e no ar um frio imenso, começou a anoitecer a desoras, um pouco mais adiante do crepúsculo, e cheguei à taberna apressado, com o fôlego curto e a cabeça envolta em meu próprio hálito, quando o rapaz e seu patrão estavam tentando tirar um bêbado seco e definhado, que não parecia senão feito de carne embalsamada. Entre ambos, o levaram num instante pelo ar feito cão pelo entrudo, porque dissera em língua melindrosa que ia no caminho de Santiago e que os ladrões que lhe haviam roubado o dinheiro para poder pagar a dívida haviam estado na taberna e já tinham ido embora. E estando nisso eu disse ao patrão que pagaria de boa vontade o vinho que havia bebido o peregrino, com a condição de que o deixassem sentar comigo para conversar em seu romance e sem mais nem menos tirei dois escudos que brilharam nos olhos úmidos do taberneiro, como sóis no mar, e aqueles foram pacto tácito ou expresso, como queiram ver. O peregrino me disse chamar-se Túndalo; recitava em sua língua e passava as palavras e conceitos para o espanhol, envolto em soluços e lastimosas queixas, uns versos compostos à noturna soleira da porta e às pérolas dos negros olhos de sua amada Fiona, que parecia ter sido arrebatada por um invencível e perverso cavaleiro de sobrenome Básdub.

Disse-lhe que poderia se hospedar no palácio e ele me agradeceu. Agora neste ponto, não naquele momento, me veio à memória que o porqueiro Eumeu hospedou um mendigo, sem saber que na realidade era Ulisses, seu amo, a quem Atena havia transformado em um ancião de pele enrugada com roupas descosturadas e sujas, como pinta Homero. Vestidos de gente plebeia e humilde costumam se esconder os deuses e os reis. Não sei por que me vêm à mente esses enredos. Havia algo estranho em sua pobreza que me havia feito lembrar os falsos pobres e via distante meu objetivo e fim de pesquisar a melancolia nos seres vivos, já que sem certeza nem fundamento algum comecei a duvidar do propósito de examinar as vísceras dos endemoniados; no entanto, o fedor e o tremendo cheiro de enxofre que saía da roupa do peregrino me inclinavam a seguir com meu ofício sabendo que os demônios, todos, segundo se diz, cheiram assim. E, além disso, tinha por certo que Túndalo era endemoniado e atormentado por uma caterva de espíritos malignos. Eu não podia parar; as precisas obrigações de minha profissão não deixavam que meu coração amolecesse. Foi tão grande o desatino e o desconcerto que de repente me caíram, que parecia que eu era o bêbado e não o peregrino. É conhecido o ditado que diz que "onde entra o beber, sai o saber", e é verdade que aquele que bebeu não sabe guardar segredo, por isso de repente Túndalo, com o rosto vermelho, disse: "Gostaria de ter fôlego para poder falar um pouco descansado e que a mistura e confusão que tenho se aplacasse tanto quanto fosse necessário para dar a entender a dor que me atravessa. Sou cavaleiro e poeta, esta uma doença incurável e contagiosa, e possuo uma alma que não é minha; é uma alma penada dentro de meu corpo, a alma penada de um homem que algum dia se chamou Marcos, e que nasceu em Ratisbona e viveu em Cashel, meu castelo na rocha. E essa alma faz tempo teve um sonho como esses sonhos contados por homens acordados ou, melhor dizendo, meio adormecidos. Um sonho que se repete. A linda Fiona habitava meus sonhos e eu a amava mais do que a meus olhos, e depois de me casar com ela tive um lindo menino de nome Cillian. Quando se ama, não se possui apenas o amado, mas também o temor de perdê-lo. E assim foi: entrou em nosso vilarejo a pestilência muito irritada e começou a nos dizimar de tal maneira que de quatro partes morreram as três, e eu fui ferido entre eles, mas foi Deus quem quis que ficasse. Nunca havia visto pestilência tão aguda como essa. Quando a seca chega, é muito pestilenta; raras vezes o homem escapa. Estava eu ferido em uma perna, e me fiz tirar duas libras de sangue de uma vez, abertos juntamente ambos os braços, e me purguei sem tomar xarope, e fiquei cinquenta dias mal na cama. Tive medo de morrer e deixar meu menino de tão somente sete anos desamparado e que logo se esquecesse de mim, como eu nunca me lembrei do meu pai. Estando muito mal, dois meses como estava hoje eu morro, no máximo amanhã; e já havia corrido todos os protomédicos[1] e médicos do vilarejo e não melhorava. E eu estava tão metido no mundo que nem lembrava de Nosso Senhor Jesus Cristo, nem jamais pensava em ir à igreja, nem dar aos pobres por Deus, nem os podia ver diante de mim. Então implorei a Deus que me curasse, e a cada dia estava mais doente e uma manhã veio me ver um nigromante que curava por palavras e, como Deus não me escutava, fiz um pacto com ele e cumpriu meu pedido, e enganando-me porque o diabo o havia traído. Permitiu que eu me curasse e mais dois meses deu de vida à minha Fiona, e depois, não se contentando com minha mulher, adoeceu Cillian. Para curar meu filho tínhamos que conseguir um cardo de Lorena, cujas virtudes eram tais que, durante uma pestilência em que todos morriam como moscas, o médico que atendia meu filho preservou a si e a sua casa com o uso da raiz desse cardo, moída e bebida com vinho. Um dos meus viajou para a cidade de Lorena, enquanto eu via como o sangravam e purgavam. Sua carinha estava o dia todo molhada pelo suor da febre. Eu apalpava sua calorosa e ardente testa e colocava panos com água fria. Cillian

---

[1] Médico principal de uma corte. (N.T.)

falava e chorava muito desde que ficou doente, até que uma tarde de outono inclinou a cabeça e começou a se desvanecer a esperança. Adormecido, seu rosto submergiu no fundo do sonho. Quando chegaram de Lorena com o cardo, seu corpo era um montão de ossinhos e minha alma um saco de angústias. E com cada dia que foi passando desde aquele dia até hoje, esqueci o rosto de meu pequeno Cillian. Eu maldisse e continuo maldizendo a Deus, por levar o meu filho e, também, sua lembrança."

E enquanto Túndalo disse essas blasfêmias em desacato da providência e eterna sabedoria de Nosso Senhor Deus, já havia bebido de sua própria cabaça avermelhada quase quatro litros de vinho tinto; e ali foi por onde vim a conhecer ser verdade aquele adágio que costumam dizer as velhas fiando suas rocas atrás do fogo, que tanto vai o cântaro à fonte que um dia lá se quebra, posto que Túndalo deixou a sua cabaça contra a rústica mesa. Depois paguei todo o bebido ao taberneiro, que mais parecia um boticário, pois o vinho me custou o preço de remédio; e lhe disse que me era útil o peregrino como intérprete de uns moços vindos da Irlanda. O patrão, talvez porque fosse tarde e hora de fechar, não fez senão calar e encolher os ombros e entregar-me o bastão com que o peregrino se defendia pelos caminhos de lobos e cachorros e lhe servia de apoio, uma cestinha com papéis e a cabaça com vinho, e tirei o peregrino do lugar agarrando-o pelos sovacos e arrastando seus pés. Depois, na metade da rua, não com pouco trabalho, coloquei-o sobre a velha mula feito um saco de trigo. Tudo isso diante do olhar tristonho de um cachorro que com certeza havia sido acolhido no caminho pelo peregrino e que nos acompanhou abanando o rabo, e em silêncio, da porta da taberna até o palácio. E estando ali dei gritos para que viesse um serviçal, que acudiu logo e me ajudou a descer Túndalo da mula e, colocando-o sobre seus ombros seguiu meu caminho até a sala onde eu, com a aprovação e licença do Rei, exercitava o ofício de médico anatômico. Mandei que o moço fechasse as janelas da sala e que saísse daquele cômodo, deixando-me sozinho com o peregrino, a quem eu, disse enganosamente, devia curar.

VISÃO XIV

Mais adiante encontraram outro muro que era incomparável e diferente de todos tanto em formosura como em claridade. Estava decorado com pedras de safiras, esmeraldas, rubis, jacintos, jaspes, diamantes, cristais e de outras tantas pedras preciosas. Quando se aproximaram, Túndalo viu tantas e tão grandes maravilhas que não há coração de homem no mundo que o pudesse imaginar. Ali viu as ordens de anjos, de arcanjos, de virtudes, de dominações, de potestades, de tronos, de querubins e de serafins. Todos esses coros cantavam um verso do saltério que diz: "Escuta filha e tenhas cuidado com as coisas de teu pai e de teu povo porque o Senhor cobiçou tua formosura."

E viu outras muitas coisas que conhecia claramente sem perguntar nada. Ali chegou São Ruadan confessor e disse: "Deus cuide tua entrada e tua saída deste lugar para sempre. Saibas que eu sou São Ruadan, teu patrono, e por direito deves ser sepultado em nosso monastério. E aqui não deixaremos que te enterrem."

E em seguida chegou São Patrício, bispo apostólico do povo da Irlanda, com quatro bispos que Túndalo conhecia bem. Um, a quem diziam Malaquias, que, de quantas *coisas podia ter, dava todas aos pobres. Este deixou quinhentas e quatro congregações de religiosas e a todas provia de tudo aquilo que necessitavam, e junto a esses quatro bispos viu uma cadeira episcopal muito honrada em que não estava nenhuma pessoa, e disse Túndalo a Malaquias: "Diga-me, senhor, tua é esta cátedra que aqui está vazia?" e Malaquias lhe respondeu: "Esta cátedra é de um companheiro que ainda não morreu; e está aparelhada para quando ele morra."*

O Anjo e Túndalo seguiram seu caminho.

Hieronymus Bosch. *O Peregrino e a taberna, 1494.*
Óleo sobre tela 71x71 cm Rotterdam, Museu Boymans-van Beuningen

CAPÍTULO XV

A primeira coisa que fiz foi esconder nas gavetas de um *bargueño*[1] a cestinha, o chapéu, a cabaça e outros pertences de Túndalo. Depois o deitei em uma mesa na qual costumava fazer anatomia nos cadáveres. Tirei com cuidado a esclavina do seu pescoço e a desfiada e malcheirosa estamenha,[2] o fiz com pressa porque durante o tempo que durou a rota do palácio várias vezes vi e avistei o peregrino recobrar-se de seu desmaio. Por isso, tirei de uma gaveta uma lanceta e tratei logo de cortar continuamente e depressa. Quando ia amarrar seus pulsos na cama, abriu pausadamente seus olhos.

Se nossas vidas são os rios que vão dar no mar que é o morrer, rio caudaloso e com mais velocidade que uma flecha e que desce como cobra do cume de uma montanha, aquele instante foi um remanso onde as águas se detiveram e pude ver toda minha vida para trás: desde aquele menino descendo velozmente em um tonel até as águas estancadas nos olhos algo cho-

[1] Móvel de madeira, de origem espanhola, com muitas gavetas e compartimentos, decorado com marchetaria, ouro ou cores brilhantes. Foi fabricado entre os séculos XVI e XVIII e tinha a possibilidade de ser transportado no lombo de mula e burros. (N.T.)
[2] Tecido grosseiro de lã. (N.T.)

rosos e mananciais do peregrino que me olhavam. Eu me detive com a lanceta a ponto de fazer o primeiro corte. O peregrino mal levantou sua cabeça como um crucificado cansado e rendido, olhou com parcimônia seu corpo quase desnudo, com calção e nu em pelo, depois esquadrinhou a sala. Tentou dizer alguma coisa e mal balbuciava com a respiração sufocada. Teve uma estranha convulsão e com a cabeça jogada sobre um dos seus ombros vomitou de diferentes cores à maneira que, segundo conta Cornelius Gemma, vomitam os homens atormentados por espíritos malignos. Eu estava atento, já que as ânsias e agitação do vômito lhe deram um suor copiosíssimo e nesses casos nem três homens podem conter os endemoniados, que costumam purgar enguias vivas de um pé e meio de comprimento, vomitar umas vinte e quatro libras de todas as cores, e depois expulsar grandes bolas de pelo, pedaços de madeira, esterco de pomba e de galinha, pergaminho, vidro, pedaços de carvão e pedras maiores que uma noz com inscrições. O peregrino quis falar e sua voz grudou na garganta, ficou lânguida ao extremo, contudo, esforçou-se o mais que pôde; então lhe deram mais ânsias e náuseas com suores e desmaios a ponto que eu pensei bem e verdadeiramente que era chegada sua última hora. E fechou os olhos como quando a morte os fecha.

Jazia de tal maneira que pensei que estava morto, e o teria enterrado, não fosse por um pouco quente que lhe achei na parte esquerda do peito. Decidi não fazer nada porque parecia um sinal alheio à medicina. E assim passando umas horas sem que ele acordasse, decidi descansar. Quando voltei a vê-lo comprovei que o calor de seu peito não se apagava, assim se passaram mais duas noites. No terceiro dia começou a acordar e quando vi seus olhos comecei a maravilhar-me e a assustar-me: ele se sacudiu como quem sai da água e começou a agradecer nosso senhor Deus e a maldizer os infernos. Imediatamente se afundou na espessura do sonho, profundamente de novo. Eu li que "os minerais são o alimento das plantas, as plantas dos animais, os animais dos homens e os homens dos demônios" e pensei que os diabos estavam se alimentando do corpo de Túndalo, e que não podia haver erro nisso; parecia opinião verdadeira. E das profundezas de seu sonho escutei vozes, murmúrios que saíam de suas entranhas. Fiquei quieto, esperando se alguma outra coisa ouvia; e vendo que durava algum tanto o silêncio, determinei aproximar-me mais do peregrino, e ali mesmo senti ranger de dentes e uivos que vinham das tripas de seu corpo e como diz Pratensis, com tão boas razões, com tão graves sentenças e tão cheias de elocução e alteza de estilo: "o demônio se deita astutamente nos intestinos dos melancólicos, onde pousam e se deleitam, para infectar nossa saúde e aterrorizar nossas almas com sonhos terríveis e sacudir nossas mentes com fúria." Também Lemnio assegurava que "os demônios se implantam nos humores depravados" e nunca aparecem se é que não pretendem o mal do homem e dançam e festejam a morte de um pecador. Então entendi que Túndalo não delirava, e sim que os súcubos habitavam seu corpo. Os demônios transtornavam seus sentidos e o enganavam com visões infernais e falsos paraísos. E quando Túndalo já estava afundado no mais pesado sonho de sepultura, não tive nenhuma dúvida em abri-lo para encontrar-me com as terríveis catervas que o habitavam e não o deixavam descansar. Amarrei-o à mesa, peguei a arquinha e agi com tanta pressa e continuamente que a pele ficou aberta do pescoço até debaixo do umbigo de uma só vez. E nesse ponto estava quando voltou a abrir os olhos e levantou a cabeça e, olhando seu corpo desnudo e sangrento, sem dar um pio, caiu desmaiado de novo. Apalpei seu punho para olhar o pulso e vi que começavam a se acovardar e que perdia muito sangue, que banhava todo o corpo e não me deixava ver as entranhas; e por isso comecei a cortar impaciente e cego os músculos dos membros nutritivos. Toda a tábua e em volta da mesa, os sapatos e os braços até os cotovelos estavam umedecidos e vermelhos, e sentia o cheiro daquele velho vinho evaporar das tripas. Tudo isso era um estranho e desconcertado sentimento; mas mais desconcerto e estranheza me provocou quando terminei de cortar os membros espirituais: o coração, como cachorro temeroso e acovardado, deixou de pulsar e o enxuto rosto se desembaraçou de vida. Depois, eu tinha a cabeça inclinada sobre seu corpo, quando senti que sua calorosa alma se soltou, levantou e traspassou meu peito misturando-se com a minha. E fechando os olhos fiquei atônito e em suspenso, caindo-me na mente um amanhecer no atalaia de Cashel, na Irlanda, onde eu nunca havia ido e o peso de uma longa ausência de mulher, e com ela me veio à memória o nome Fiona, vendo-o sair da pena com voo escuro, até se juntar com um bando de versos, notados de um pensamento que não era o meu. Também vi um menino que se aproximava na penumbra e que me dizia: "Pai, não fujas, sou teu filho Cillian", e essa visão se desvaneceu quando ia ver seu rosto; vi em rápidas e fugazes imagens o inferno, o purgatório e o Paraíso. Estando nessas alheias e melancólicas recordações também chegavam as minhas, confundindo-se ambas em minha mente, mudado e trocado em um Jano de duas almas, um olhar para trás para Cillian e outro adiante para minha vida. E depois desses

109

estranhos acontecimentos eu não sabia se sua alma havia se escondido em algum canto de meu corpo sem prosseguir a derrota do reino das sombras ou se havia ido embora, e nesse momento me senti livre de suas recordações. Voltando a recobrar meus sentidos, procurei os demônios do ar que fabricam a bílis negra, remexendo e tateando com meus dedos entre o corpo baldio, em sua taberna vazia. E estando nisso encontrei no espelho de sangue ainda quente que havia se estancado sobre a mesa o demônio que estava procurando, o único diabo que ainda estava com vida naquela sala. Aqui o olhei nos olhos furtivamente, e lá ele da mesma maneira olhou os meus, e naquele instante se representou bem e fielmente no sangue o rosto do único demônio que eu havia visto nos quarenta e oito anos de minha vida atrás dos espelhos. Por essas visões me vi posto em grandíssimo e temeroso desassossego, e para exorcizar a sala e meu corpo, logo coloquei o cadáver em um caixão, limpei a mesa, lavei minhas mãos e me senti inocente daquele sangue, como vós vereis.

Finalmente, eu saí para a rua para que o vento me despojasse do perturbado sonho e que com esse refrigério se apagasse o fogo de meus olhos, já não poderia demonstrar que em cada homem se esconde um Adão antes de perder a Inocência. E nisso ouvi na porta do palácio os latidos e uivos do cachorro de Túndalo. Quando comecei a caminhar, ele me seguiu por umas cinco ruas. E neste ponto se conclui meu mais guardado segredo, o qual já está escrito e não penso apagar nem desfazê-lo; o que escrevi, escrito está.

VISÃO XV

Quando Túndalo estava em tão grande deleite por todas aquelas coisas que via e havia visto, o Anjo lhe disse: "Agora convém que regresses ao corpo e lá contarás todas essas coisas que você viu, para que os homens não tenham que padecer nessas penas tão ruins que você presenciou." E quando tudo isso ouviu, sentiu um grande pesar e grande dor porque devia regressar ao mundo. Não viu nada do caminho de volta, salvo quando se encontrou no corpo e abriu os olhos.

CAPÍTULO XVI

Naqueles dias, apareceram de novo as visões durante o sono e a vigília, sempre acompanhadas de febres e suores por todo o corpo. Houve longos dias e longas noites nos quais não soube se estava dormindo ou acordado. Aconteceu-me a mesma coisa enquanto escrevo estas páginas, apareci por um momento recostado em um canto qualquer do barco, aturdido e sem saber nem como nem quando continuei escrevendo. Aparecem em minhas mãos estes papéis que contêm, escrito com minha letra, o relato de anjos e demônios. Releio as visões do inferno e do Paraíso e não duvido de que a alma de Túndalo tenha ficado agarrada em meu corpo durante a dissecação de seu corpo com vida no Palácio.

Tampouco sei eu como é possível que os acontecimentos dessa sala fechada tenham chegado aos médicos fofoqueiros da corte, posto que os maledicentes não apenas murmuravam o que ali havia acontecido, como também exageravam e diziam falsidades e isso sobrava em prejuízo de minha boa opinião e fama. Eles diziam que eu havia matado quantos peregrinos entravam pelas ruas da cidade e que tinha um pacto expresso com Lúcifer, a quem se me havia visto adorar de joelhos ao pé de um altar secreto que havia construído, e mais tarde desfeito, em uma antecâmara escondida do Palácio. Pois assim são os médicos da corte, soberbos como todos os espanhóis, que em uma semana de servir querem logo ser patrões, e se os convidam uma vez para comer, furtam onde lhes dão pousada e por isso são mal queridos em todos os lugares. Foram eles que, para prejuízo e descrédito de minha glória e honra, e para ocupar o lugar que eu tinha nos serviços do Rei, teceram a trama de uma mentira com tanta habilidade, que parecia amplamente verdadeira.

Aconteceu, pois, que um rico gentil-homem, um moço galhardo que o Rei estimava muito, morreu uma manhã de maneira não esperada e repentina. Logo a seguir de sucedida morte, com grandíssima pressa, sem a aprovação da família e sem que lhes desse nem outorgasse licença o rei Felipe, os médicos concordaram que eu devia fazer nele uma dissecação para confirmar a causa da duvidosa morte, como muitas vezes se costuma exercitar em casos semelhantes. Quatro médicos da corte me propuseram estarem presentes e assistir nessas tarefas, e assim foi feito.

Por meu conhecimento e larga experiência me foi fácil abrir o peito do cadáver, e quando este estava aberto, um dos que me acompanhavam murmurou entre dentes e o entreolhou outro, o qual fez sinais de se aproximar dos outros dois. Esses fatos me pareceram estranhos; a princípio pensei que haviam se maravilhado com o que viam, pois os espanhóis jamais fazem dissecações, porque são médicos de urina e pulso, e se consomem abalizando do Galeno autoridades e a duras penas se animam a sangrar os doentes de grande posição, aos quais dão xaropes e purgantes, sabendo perfeitamente que em seu ofício as faltas que cometerem são cobiçadas pela terra; e logo me sobrevieram maus pensamentos, mas já era tarde para fugir daqueles charlatões. Os médicos começaram a gritar aos quatro ventos que eu era um homicida, e davam testemunho, aos que pouco a pouco foram se aproximando, atraídos pelo vozerio e alvoroço, de que haviam percebido movimentos no coração do moço. Por fim, a mulher e o filho do gentil-homem acreditaram indubitavelmente em tão grande mentira. Com o acréscimo dos rumores sobre as minhas dissecações de homens vivos, mais as palavras do taberneiro que depois atestou que eu havia levado Túndalo e, a tudo isso, um serviçal do Palácio que marcou o lugar exato onde eu havia enterrado o corpo, foi factível que me condenassem, depois de tudo, à fogueira.

Para finalizar, talvez essa viagem seja a última. Entendo que para Deus deve haver uma grande diferença entre este vento que com duro mandamento faz aumentar os açoites ao baixel, que tenta costear a ilha de Zancito, a mesma rota na qual Ulisses se perdeu por vinte anos, e o vento que faz uns meses teve que avivar os galhos verdes na fogueira da Plaza Mayor. Talvez a Vontade Divina tenha querido que o vento, com o qual minha cabeça quase cheirou a chamuscamento, tivesse arrastado minha alma para as portas do inferno e que o que agora começa a dificultar o reto voo de minha pena me ofereça uma melhor estrela.

Quando o grupo armado da Santa Irmandade, com suas escopetas, me prenderam e depois me levaram com toda pressa, com uma profunda humilhação, pelas retorcidas e inclinadas ruelas de Villa y Corte, as palavras de Jeroen se transformaram em carne, como a Palavra de São João. Depois, quando o tribunal me pedia que falasse sobre as dissecações de homens vivos, das quais eu era acusado, a carne se me transformou em verbo para demonstrar e qualificar a mentira aparelhada com malícia pelos médicos espanhóis. Não foi suficiente para defender minha pele de tal sorte e conseguir fazer calar a mulher e o filho do gentil-homem, que me sitiaram com a forja de seus insultos e com suas vozes e gritos dizendo que eu era um assassino; nem tampouco pude conseguir o silêncio da língua dos cautelosos que ali repetiam aquela invenção do coração, dentro do peito aberto, palpitando por seu ar. E escutando isso, as palavras de Jeroen sobrevieram e arrebataram meu corpo com sua carne seca e vencida. O reto e sábio tribunal, como costumam chamá-lo, fulminou o processo e me condenou à fogueira. Por isso eu mandei dizer ao Rei, que estava aflito, às escondidas, por causa de minha condenação, que eu lhe dava minha fé, que ele não a deixe; e tanto o persuadi e prometi que o bom rei dom Felipe determinou perdoar a condenação e declarou enviar-me em romaria a Jerusalém.

Prometi-lhe, entre outras coisas, que na volta de minha peregrinação lhe revelaria a cura da melancolia, a causa material de sua tristeza e assentada aflição. Prometi provê-lo de um remédio mais eterno que as diferenças e os motetos que Gombert havia composto para o rei Carlos, para que este consinta e permita ao músico mais querido de sua corte deter com o canto de suas tristezas as águas movidas pelo vogar dos remos e assim poder voltar do inferno das galeras. Essa é a promessa que fiz ao Rei para que matasse as chamas da fogueira e ele sabe que sempre fui um homem de palavra.

Realmente, não havia podido eu, nos muitos cursos do sol, arrancar dos olhos de minha memória para desacordar-me do sussurro de um anoitecer de árvores e sinos, enquanto cavalgava o trenó que fez meu pai com um tonel; não havia podido com as águas do rio do esquecimento matar o fogo que ardia nas profundezas dos olhos do Homem Árvore, onde minha memória havia ficado sepultada. Pensei que mal poderia eu frear as melancolias alheias. Talvez por este discurso, ao passar a Porta do Sol, imaginei, apesar de todas as promessas, que nunca mais voltaria a subir e descer as ruelas desta cidade fundada no inferno.

Hieronymus Bosch. *Jardim das Delícias*, 1504, fragmento do painel central do tríptico. Óleo sobre madeira, 220x389. Museu do Prado, Madri.

CAPÍTULO XVII

Finalmente, tomei o caminho para Veneza e, depois de ali visitar meus amigos, zarpei seguindo a rota da romaria de Jerusalém. E faz poucos dias, cinco meses depois de chegar à Terra Santa, chegou à estalagem onde eu me hospedava um homem a me procurar, com uma carta com o sobrescrito que imediatamente reconheci ser do Rei; em seguida a li e emudeci quando tomei conhecimento que Felipe me ordenava voltar sem demora a Villa y Corte. Lendo isso, determinei ser cauteloso e na Terra Santa mentir dizendo que, em vez de embarcar no navio veneziano que me pedia o Rei, eu o faria no navio de peregrinos, alegando que tivera grandes gastos e não podia somar outros à monta da viagem. Na verdade, a exemplo de Jeroen, eu também usaria o ardil de que alguns amigos dessem a notícia de minha falsa morte e já nenhum médico encarniçado me perseguiria, pois os cadáveres somente são perseguidos pelos anatomistas. Isso pensei, entre outras coisas semelhantes, durante as quatorze léguas de Jerusalém ao porto de

Jafa. Embarquei neste navio, onde fomos postos feito sardinhas em cesto, e a tempestade agora o começa a açoitar com seus relâmpagos, com o mau sinal de que neste porto também Jonas quis fugir e no mar foi devorado por um grande peixe.

Agora vejo os raios se lançarem do céu negro, desenhando no ar muitas e diversas veias reluzentes, estas são centenas de ramificações que sangram sua luz no revolto mar, e por onde a parca se apresenta com sua última cara, cortando por aqui e por ali, as cordas do velame e o úmido estame da vida. E minha lembrança se adianta ao soçobrar, naufragando até o tempo passado, quando entreguei à Morte, com a ajuda de seu irmão Sonho, o corpo de Túndalo, cuja alma ainda sinto que está envolta entre as mortalhas de minhas entranhas.

Tampouco não se me partem da mente as palavras de Jeroen: *Pater tuus, ultimum, frutum, gratificari* e *filio* e, como uma condenação, traslado-as da língua latina para a minha e sempre encontro um único e espantoso sentido. E embora quisesse estar errado em meu pensamento, tudo me faz imaginar que meu pai fez o sacrifício de me entregar a última fruta da Árvore da Vida que pertencia a ele, e que a peste branca é parecida com o mudar de pele das serpentes e nos rejuvenesce o corpo e também as entranhas.

Se eu puder escapar da fúria e tempestade dos impetuosos ventos ou ser lançado pela tormenta com vida em terra firme, agora sim estou convencido da poderosa sanidade das árvores do Paraíso, tal como sempre disse meu pai, e com elas poderei fazer o antídoto e remédio da melancolia.

Ao chegar ao final desse raciocínio repetindo ou recapitulando o dito, penso agora que, para curar nossa doença não é preciso voltar ao Paraíso, basta viajar até a ilhota do rio da Boêmia onde os frades transplantaram as árvores. Para encontrá-las é preciso seguir os passos que decifram a falsa música escrita nas nádegas de um réprobo, debaixo de um alaúde perto da sanfona, no inferno de Jeroen. Na pintura, sabiamente realizada, lembro-me de outro condenado mostrando com seu dedo o lugar pontual, certo e exato onde estão as árvores. O erro de Jeroen por não ter notícia das ervas e de suas virtudes, foi não fazer remédio com as folhas da Árvore da Vida ou um antídoto com os frutos da Árvore da Ciência do Bem e do Mal, como lhe mostrou meu pai.

Por isso, se eu conseguir me salvar da grande tempestade que traz montanhas de água, uma trás outra, descendo o navio até as profundezas e levantando-o, digamos, até as estrelas, direi ao rei Felipe que consiga de alguma maneira a grande tela pintada por Jeroen

Bosch, para decifrar os caminhos que levam até as árvores e fabricar com seus frutos e folhas o antídoto que cura a melancolia.

Agora, suspeito que Deus julgue conveniente ver a tinta que sobrou diluída nas águas e minha rasgada alma e a de Túndalo espalharem-se com os doze ventos. Se isso não acontecer e eu sobreviver, deixarei a eterna vida que há entre o machado e o talho e entregarei meu rejuvenescido corpo ao de Túndalo, já que ainda costumam cair na minha mente as horas passadas e felizes junto com Fiona e recuperei o breve sorriso, as sobrancelhas coloridas e o brilho dos olhos do pequeno Cillian.

A embarcação parece que naufragará de qualquer jeito e logo estará a obra morta afundada. O grumete já não canta as horas e entre o vozerio se escuta a reza em voz alta de um prior. Guardarei estas páginas sem sobrescrito dentro do arcabuz e o trancarei nesta caixa de madeira para que não se afunde e deixe de ser mudo, para poder contar íntegra esta história.

Desejo verdadeiramente que quem encontrasse esta carta, a guardasse em segredo, para que Túndalo não seja perseguido pela Santa Inquisição, mas também peço a quem leia por fortuna estas palavras que não eleve aos céus uma inútil oração, e sim que encontre Jeroen, talvez cifrado em um novo sobrenome, e o ajudem a encontrar o remédio para cegar os profundos vulcões de seus olhos ou que a Morte, algum dia em silêncio e sem escândalos, coloque *lápides* nos respiradores do inferno.

Segundo os estudos mais sérios, o tríptico do Jardim das Delícias *foi pintado para Enrique III de Nassau, e herdado, primeiro, por seu filho René de Châlon e, depois, por Guilherme de Orange. Mais tarde foi confiscado pelo duque de Alba, em 20 de janeiro de 1568. Definitivamente, como o sugere Andrés Vesalio nessa carta, foi comprado por Felipe II no leilão dos bens de dom Fernando, filho natural do Duque de Alba e enviado ao monastério de El Escorial em 8 de julho de 1593. O Rei o fez colocar em seu dormitório, onde permaneceu aberto até sua morte.*

Por outro lado, Robert Burton, que assinaria seu meticuloso estudo sobre a melancolia como "Demócrito júnior", morreu em 1639. O epitáfio de seu túmulo expressa que consagrou sua vida ao estudo da melancolia e morreu por causa da mesma doença.

OUTROS TÍTULOS DESTA EDITORA

A noite de um iluminado
Pedro Maciel

As onze mil varas
Guillaume Apollinaire

A palavra algo
Luci Collin

Contos de duendes e folhas secas
Sérgio Medeiros | Ilustrações Fê

Guerra de ninguém
Sidney Rocha

Para fazer um livro de alfabetos e aniversários
Gertrude Stein

Samuel Beckett e seus duplos
Cláudia Maria de Vasconcelos

Três filhas da mãe
Pierre Louÿs

**CADASTRO
ILUMI//URAS**

Para receber informações sobre nossos lançamentos e promoções, envie e-mail para:

cadastro@iluminuras.com.br

Este livro foi composto em *Scala* pela *Iluminura*s e terminou de ser impresso em março de 2017 nas oficinas da *Paym gráfica*, em São Paulo, SP, em papel off-white 80 gramas.